Nils Rölle

Bittermeer

Mare amoroso

/ KLEVER / Literatur /

ISBN 978-3-903110-23-6

Umschlaggrafik: k-lab Media Design GmbH
Coverbild: Barbara Ellmerer, aus der Serie *Ausfahrt* 2005
Herstellung: Bookpress

Inhaltsverzeichnis

Vorwort

Die Sicht auf die Alpen weicht verspiegelten Fenstern, dazwischen werden Kräne aufgebaut und wieder demontiert. Die Baumassnahmen in Zürichs Europaallee werden durch Rammen eingeleitet. Nachts wird Beton zwischen den Gleisen gesägt. Bei dem Versuch, die Geräusche der Umgebung zu beschreiben, beginnt eine Übersetzungsbewegung. Sie führt zur Beschäftigung mit den Rhythmen von Gedichten, ihren Wellenbewegungen. Ist das Gleisfeld vor dem Hauptbahnhof ein Meer?

Das Heute verschiebt sich täglich, stündlich. In Gedanken nennt sich das hoffnungsvoll Schiff, was sich beim Übersetzen bildet. Die Vorstellungen lassen sich stabilisieren mit dem, was konkret da ist: Tisch, Fenster, Papier, Computer. Wie konkret kann ein Computer sein? Ist er in ein Geflecht von Vorschriften eingebunden, das vergleichbar ist mit dem Text des *Mare amoroso*, der zwar in Standardwerken, auch in Taschenbüchern vorliegt, aber nicht endgültig fixiert ist? Der Text spricht von der Liebe als Meer in einer Zeit, als die Schifffahrt dynamisiert wurde. Über den Verfasser ist nichts bekannt. Eine Autorin? Eine Isolde? Sie wird im Text erwähnt, während der Name *Tristan* von einem Schreiber, der sich auch als Erläuterer verstand, hinzugefügt wurde.

Beim Übersetzen wird ein Textgefährt, das in einer Sprache wie in einem Gewässer schwimmt, in ein anderes überführt. Dabei wird der Text den Verhältnissen entsprechend umgerüstet. Wer übersetzt, grenzt Gebiete ab, in denen Textschiffe schwimmen. Die Unterscheidung zwischen den Wellen, die von Schiffen gebildet werden, und den Wellenbewegungen, Strömungen, Windverhältnissen im Zeichengebiet, stellt den Übersetzenden auf die Probe. Er wird zum Vehikel, Mischmobil.

Morgana

Sie demontieren die Grossleinwand gegenüber, das sehe ich, wenn ich aus dem Fenster schaue. Ich bin immer schon in einem Zustand, oft in einem Zustand, den ich mir vorgenommen habe, das meine ich jedenfalls, wenn ich am Schreibtisch beim Fenster sitze und auf die Gleise und die Baustellen gegenüber schaue. Ich überlege, wo du gerade bist. Die Kräne zirkeln ein letztes Mal vor dem Sturm. Wir wollen morgen wandern. Wettercom gibt Auskunft, du folgerst, dass es geht – es geht ja nur in das Toggenburg. Die Fahrt dorthin dauert ungefähr zwei Stunden. Abends sind wir dann sowieso wieder zurück, können dann immer noch in die Limmat springen.

Das *Tal ohne Rückkehr* ist in unserer Zeit, derzeit in der Schweiz, so nicht denkbar, das Tal erwähnt der anonyme Dichter, dessen Gedicht ich übersetzen möchte. Im Italienischen heisst es *Val d'i Falsamanti di Morgana.* Er hat bei anderen Dichtern von dem Tal gehört, das auch *Tal der treulosen Liebhaber* genannt wird. Andere Dichter vor ihm haben davon gesungen, von dem Tal in den Sagen aus dem Artuskreis. Vermutlich hat er es nicht im Norden gehört, sondern im Süden, in Sizilien, dann ist dieses Hören-Sagen zurück nördlich gewandert, bis in die Toskana, nach Lucca, der Stadt, deren Dialekt der Dichter spricht. Ich denke an den Hof Friedrichs des Zweiten in Sizilien als Umschlagplatz von Gedichten, Sagen und Wissen und gerate damit in die Kaiserfalle.

Wir wollen fort, weil es hier zu laut ist. Die innere Stimmung, die uns belebt, wird von dem Lärm um uns erdrückt. Ich möchte den Klang in uns wieder entdecken, einen Klang finden oder einen bestimmten Klang wieder finden, deshalb will ich übersetzen, hier arbeiten, und gleichzeitig wollen wir fort. Wir müssen die Wohnung verlassen, um gemeinsam Ruhe zu finden. Eine fixe Vorstellung von mir ist, dass ich zu der Wendeltreppe zurückkehren möchte, die wir bereits zweimal hinaufgestiegen sind auf dem Wanderweg von Graubünden nach Italien, dem Weg, den Friedrich der Zweite aus Sizilien im Alter von sechzehn Jahren genommen hat, um seine Ansprüche auf den Kaiserthron in Deutschland zu erheben. Ich muss klären, wie ich zu dir komme, wie du in diesen Text gelangst. Bist du's denn wirklich? Mogle ich? Schiebe ich dich vor, um Leser in mein Spiel zu locken, ein Spiel, in das ich zögere, dich hineinzuziehen? Gut, ich spreche nicht von dir explizit, nur am Rand, immer wieder, lass das perlen, das Unsersein geschehen.

Die ersten Worte des Gedichts lauten *Amor mi bello*. Sie setzen sich in mir fest, wenn ich versuche zu übersetzen. Ich will sie austauschen gegen: *Lieb' mir schöne* und dann zu den nächsten Worten gelangen, die einfach zu übersetzen sind, aber doch nicht zu den ersten Worten zu passen scheinen. Ich begnüge mich und wiederhole *Lieb' mir schöne*. Das schwingt in mir still, ich lasse meine Hände gedankenverloren hornlos pendeln, merke für einen Moment nicht, wie laut es draussen ist.

Barke

Ich möchte in den vorigen Zustand zurückkehren (sitze ohne Kaiser am Fenster), kann dich nicht herbeirufen. Das *holen* habe ich in dem vorigen Zustand ersetzt. Dort hat das Wort nicht gepasst. Leinen lassen sich einholen, ertrinkende Menschen lassen sich mit Leinen an Rettungsringen einholen, ein Mensch, der nicht in Not ist, wird hingegen gebeten, gefragt oder aufgefordert. *Auffordern* klingt bereits sehr kaiserlich, *suchen* öffnet eine andere Vorstellung, ich denke an das Zusammensuchen, Vorbereiten einer Ausfahrt, Besorgen der notwendigen Ausstattung für das Wandern oder eine Schiffsausrüstung, die allerdings wieder den Klang von Waffen, Armierung, Rüstung aufruft. Ich warte auf dich. Für die Wanderung am nächsten Tag habe ich eingekauft, auch Karten besorgt, die wir noch durchgehen müssen. Oder bleiben wir in Zürich? Gehen an den See, früh an den See und geniessen dann noch, dass die Wohnung sonntags weniger laut ist sonst?

Und wenn ich könnte eine kleine Barke haben, steht in dem Gedicht des anonymen Verfassers. Er hat es wahrscheinlich gesungen, in einem grösseren Kreis vorgetragen, der sich auf einem Marktplatz um ihn versammelt hat oder auch vor einer höfischen Gesellschaft in der Nähe eines Throns. Singend rudert das Ich zu einem Land, das es mit Worten anklingen lässt; ein Land, das fern und vertraut zugleich ist. Er ist so fern, dass für die Reise dorthin ein Boot, ein Vehikel benötigt wird. Zugleich ist das Land wie das Paradies dem Namen nach bekannt. Der Verfasser setzte die Grenzen der Welt in den Westen. Der Osten, der Süden, Ägypten, Indien, Babylonien waren ihm nicht fern genug.

Friedrich war König von Jerusalem. Sultan Saladin hat ihm einen Himmelsglobus geschenkt, der Friedrich das Liebste auf Erden war, nach seinem Enkel Konradin. In Jerusalem hörte er Töne, die in Europa so nicht bekannt waren.

Amor'

Vor dem Fenster zähle ich drei Kräne, in diesem Moment keinen Zug. Doch: Einen Zug höre ich, dann mehrere Züge. Ich zähle und bemerke, dass ich sonst nicht zähle. Jetzt sehe ich einen Zug, unterscheide Züge, die ich höre, von denen, die ich sehe und höre. Der *Cisalpino* verlässt den Bahnhof, fährt in Richtung Westen wie alle anderen Züge, biegt dann nach Süden. Gerade fahren zwei Züge vorbei. Einer verlässt den Bahnhof, der andere fährt in den Bahnhof ein. Während ich über sie schreibe, sind beide Züge vorbeigefahren, ein weiterer und noch ein weiterer sind inzwischen sichtbar und wieder unsichtbar geworden. Ich will schreiben, um schöner, besser zu leben, ein Leben in dem Lärm finden, ihm nicht bloss trotzen, eigenes Trompeten entgegen setzen, sondern den Lärm erfassen und dann übersetzen. Jeder Zug ist ein Vers, jedes Wort ein Wagon. Vor dem Fenster lassen sich Daten finden, hinter dem Fenster Listen bilden, die Daten Herrschaften zuordnen (Bagdad, Jerusalem, Mekka, Rom, Palermo, Cornwall, Zürich), Unheils- und Heilsversprechen sortieren und wieder umkehren.

Der erste Vers treibt etwas mit mir. Ich bewege ihn verändernd. Er besteht aus zwei Teilen *Amor mi' bello, or che sarà di me?* Wenn ich übersetze: *Nun, was wird aus mir?* dann stimmt das nicht mit dem Vorigen zusammen, mit dem *Lieb' mein schön* oder dem *Meine schöne Liebe* oder dem *Du mir schöne Liebe* oder dem *Was bist Du mir für eine schöne Liebe?* Wahlmöglichkeiten geraten durch den Wechsel vom vorderen Versteil zum hinteren Abschnitt ins Stocken. In die Luft murmeln, Tonstösse absetzen, auch sie erreichen die Planeten, Raumstationen, die im Himmel über uns zirkulieren. Herrscher werden von Fanfaren angekündigt, auch im Mittelalter gemäss der Darstellung Hollywoods von Machtausübung. Sie sind Klangkörper der Machtausübung. Wikipedia dazu: *Die Existenz einer mittelalterlichen Zugtrompete ist nach wie vor umstritten.*

Stern

Über die Baumassnahmen vor unserem Fenster wurde abgestimmt. Es wurde *befunden* in Vorlagen, dass das gemacht wird und dass die Bauarbeiten, die Umlegung und Erweiterung der Gleise, uns zumutbar ist, uns im Problemviertel. Da hat bestimmt, wer mitabgestimmt, zugestimmt, der irgendwie auch unser Interesse zu vertreten hatte und dazu durch einen demokratischen Prozess legitimiert worden ist. Demokratisch-bürokratisch, aber zum Glück nicht eingeteilt, zugeteilt den Soldaten in Bagdadbabelbaldac bin ich, werde ich auch nicht, wahrscheinlich nicht. Das wäre schon sehr unwahrscheinlich, wenn ich dort dienen müsste, zum Aufenthalt dort eingeteilt würde, nein, vielmehr darf ich hier sein und in Gedanken an dichtende Hofbeamten mein Leben sprachlich fassen. Dazu halte ich die Hände sauber, reinige sie, bevor ich schreibe. Ich hoffe im Stillen, dass die Welt an mir keinen Anstoss nimmt, wenn ich ordentlich, bloss bin, so gut wie möglich Zeichen setze, wenn ich übersetze, was ein anonymer Verfasser vor siebenhundert Jahren geschrieben hat, z.B. *la luce de la stella, tanto i piace.*

Dass der Verfasser zur See gefahren ist, das lässt sich aus dem Text nicht schliessen, vermutlich war er nicht entsprechend ausgestattet, besass kein Pferd und kein Lehen, ein Ruderknecht war er allerdings auch nicht, oder doch zeitweilig als Sklave? Er verfügt über Wissen, besitzt einen Vorrat an Bildern und Argumenten, die er stolz und auch prahlend verwendet. Das wirkt bemüht und nicht souverän, allerdings kennt er den Wert von Gelehrsamkeit und höfischem Benehmen. Es bleibt in diesem Stadium der Annäherung an den Text fragwürdig, ob sein Vortrag ein souveränes Spiel war oder unsicher bemüht, oder der Verfasser sogar innig sein konnte. Die Verse für sich genommen lösen Verwunderung aus, Verblüffung. Er berichtet von Fischen, einer *Barbe*, die er selbst so nicht gesehen haben kann, die nach den Sternen schnappt: *Das Leuchten eines Sterns, es gefällt ihr so sehr.* Ein *Oleofant* wird im Gedicht erwähnt und ein Aussätziger. Die Liebe kann, so argumentiert er, zu einer Aussätzigkeit führen, die nach Rache verlangt. Vor dieser Rache warnt er.

Jetzt müsste noch etwas mit dem Lied geschehen, ich müsste es noch erreichen, bevor es zu spät wird für mich, das Lied, den Zug. Ich recherchiere noch etwas zu Babels Erben, suche etwas Sternenkundliches bei Mondschein für das Tun. Die Regung will hinaus in eine Welt als Meer, in dem ich fischen kann, auch wenn ich nicht liefern muss, um das Überleben zu sichern, wie die Küstenfischer, die sich weit auf das offene Meer begeben, weil die Fanggründe in der Nähe der Küste leer gefischt sind: Thunfisch bei Gibraltar, Wale in der japanischen See, Kabeljau an der Ostküste und Krabben in Ostfriesland. Das war preussisches Gebiet, Küstenland von strategischem Interesse, um Deutschland Kolonien, schmackhaft *Plätze an der Sonne* genannt, zu sichern, die Göttlichkeit der kaiserlichen Herrschaft im Süden und im Osten zu erproben.

Bei einem Nachtessen erklärt man uns, was für eine Planung dahinter steckt: Gleisbauarbeiten bei laufendem Betrieb, das kann kein Gehirn allein schaffen, was das für eine gigantische Arbeit ist, das zu planen und zu leiten, den Fahrplan einzuhalten und die Arbeit zu koordinieren und vollrichten zu lassen: Trassen schaffen, Armierungen auf- und abbauen, Betonsägen, Gleisbauarbeiten, für uns bedeuten sie Lärm; wir werden immer wieder darauf hingewiesen, dass Nachtarbeiten unumgänglich sind.

Können wir hören, wie wir innerlich verletzt werden? Jault die Seele, kreischt sie dann? Haben wir einen Plan, eine Idee, wie wir ihre Verwundungen heilen, nicht bloss unterdrücken, sondern den Ton des Schmerzens wahrnehmen? Haben wir dann etwas zur Hand (Horn, Trompeten sind uns verwehrt), Trillerpfeifen, um ein Signal (SOS) abzusetzen? Ihn, den Ton, wie den Klang, den

Planeten erzeugen, heraushören, ihn modulieren, zu Worten führen? Die Seele, nennen wir sie so, deine Seele, meine Seele, die Seelen der anderen im Haus in den I-, II-, III-Zimmerwohnungen. Wegen Friedrich dem Zweiten spreche ich, wenn ich den Binnenbereich meine, von *Seele*. An seinem Hof war ein Gelehrter, der die Zoologie von Aristoteles übersetzt hat. Ich vermute, dass auch der Text von Aristoteles *Über die Seele* in Sizilien bekannt war. Es ist ein Text, der die Seele als Teil der Physik ansieht und sie mit einem Seemann auf einem Schiff vergleicht. Wenn wir festhalten wollen, wie Geräusche auf uns wirken, dann haben wir ein Problem mit dem, was wir *unsere Seele* nennen. Wir können das nicht klar fassen: Das Kreischen der Räder auf den Gleisen besetzt eine Stelle, das Sägen von Beton eine andere. Diese Geräusche heben sich nicht auf. Wir empfangen das, verarbeiten das nicht bewusst, was der Lärm mit uns macht.

Was machen wir mit dem Lärm? Denken wir uns den Lärm schön, als Klangwellenberg, in dem eine Ordnung verborgen ist, wie der Legende nach der Staufer im Vulkan (sein Grossvater im Kyffhäuser). Wir tauschen Strategien aus, treffen Absprachen, den Lärm zu vermeiden, sind erst bedacht, dann aufmerksam, schliesslich lauern wir, passen Lücken im Lärm ab.

Wir streiten darüber, wer das Fenster wann öffnet und für wie lange, fordern von einander Genauigkeit, genau dann, das Fenster zu schliessen, wenn es zu lange geöffnet war, bloss nicht zu lange, nur weil Luft fehlt. Luft oder Lärm, wir müssen abwägen, Entscheidungen treffen. Wir rechten mit einander, verschweigen das, was uns mit dem Lärm angetan wird.

Anders funktioniert das in einer Flugzeugkabine. Der Lärm der Turbinen, die das Flugzeug antreiben, kann durch Gegenlärm in der Kabine kompensiert werden. So wird eine Stille in der Kabine erzeugt, die von Passagieren wieder gefüllt werden kann mit Geräusch. Das wird für mich ein mögliches Ziel: Die Frequenzen der Turbinen ausserhalb mit Gegenklang im Inneren nivellieren. Also: Kabine-Turbine, eine Schallkammer im Innern entwerfen, gegen den Lärm herstellen, projektieren. Das weckt die Vorstellung von einem Gegenlager, das hilft, das Schiff zu stabilisieren, wenn es von den Wellen gekränkt wird: Archenkasten. Wir nehmen Bewegungen dazu aus der Vergangenheit wahr, den abgelagerten Schichten von Jahrhunderten, Jahren und Sekundentakten, die in den Texten, Gewohnheiten, Viehwagen, Zollverhandlungen und Gleisen stecken.

Die Vorstellung von Gefangenschaft ist ein Muster, das sich unbemerkt in mir breit macht. Damit nehmen Gedankenformationen der Vergangenheit Raum ein und damit die Kirche, die in Kerkern martern liess, um Gemarterte Glauben bekennen zu lassen. Über das innere Auge wollte ich schreiben. Das verbindet sich nun mit der Kirche und zwar mit der Frage: Warum konnte die Kirche jahrhundertelang über das innere Auge im Körper urteilen, bevor dasjenige, um das es geht, ohne dass es klar ausgedrückt wird, separiert werden konnte auf den Tischen der Wissenschaft? Oder das, worum es geht, der seelische Binnenbereich, sich selbst dorthin zog, fort von dem Inneren, hinter dem Fenster der Augen, hinein in das, was vor dem Fenster geschieht, als etwas, das beobachtet und gemessen werden kann?

Schnell poppt das Wort *Wahnsinn* auf bei dem Versuch, das Innere in Frage zu stellen, den Zugriff darauf zu problematisieren durch eine Aufwertung des Aussen vor dem Auge (Fenster). Heute kann ich nicht daran glauben, dass Menschen Zeichen so setzen können, dass man ihnen vertraut, dass man ihnen Kraft zuspricht; überhaupt, dass Zeichen aushalten, was man von ihnen erwartet. Ich werde umständlich, schaffe mir Hindernisse, um die ich mich bewegen muss, wenn ich ein Gedicht aus dem dreizehnten Jahrhundert übersetze, zwischen 1280 und 1300 datiert es Johannes Bartuschat.

Selbst verschuldet also, dass ich nicht so einfach Zeichen setze und hoffe, dass ich ein Lied bilden kann mit dem, was aus dem Mund oder aus der Tastatur gelockt werden kann. Schreine aus Silben beschäftigen mich, die mir fremd bleiben, wie ich mir selbst so fremd bleibe wie Sonette, die zu komponieren man sich abmüht, um bei denen zu sein, die als Dichterinnen gelten, Girlanden bilden mit Luftstössen oder mit Tinte oder digital mit Strom. Wer kann schon, will schon guten Muts so grosse Sätze in die Welt posaunen heute? Heute, da Kriege entflammt bleiben, Menschen sich auf der Erde nicht im Griff haben, weil sie im Griff anderer Interessen sind, Schlüsse ziehen, mit ihnen Gewalt, den Zugriff auf andere, die Abschlachtung, Hinrichtung, Verbrennung anderer legitimieren. Da kann man doch nicht fragen, so naiv fragen, ob Silben, Laute, Schriftzeichen die Welt erfassen und helfen, ihr gerecht zu werden! Immer wieder das Wort *gerecht*. Wann aber war das zum letzten Mal, dass etwas gerecht war?

Vor Monaten winkte mir ein Mann, der die Dachrinne reinigte, von aussen zu, während ich am Schreibtisch sass. Die Wortenden nehmen Leben an, wenn ich die Perspektive wechsle, in mir eine Wanderung entstehen lasse, einen Weg rekonstruierend, den wir mehrmals gegangen sind. Ich versuche, von aussen auf mein geistiges Auge zu sehen. Das wandert. Muss das geistige Auge, wenn es selbst betrachtet werden soll, ruhen, untätig sein, ausgeschaltet wie eine Lampe? Oder kann es aktiv sein und zugleich von aussen betrachtet werden? Die Unterscheidung bleibt, dass ein Fenster hinaus aus dem Raum schaut, und dann, dass es genauso in den Raum hineinschaut, hinein zu schauen erlaubt. Es schleicht sich rasch Negatives aus dem Raum, in dem ich sitze, dazwischen: Vorstellungen von mönchischen Zellen, der Macht der Kirche, des päpstlichen Stuhls, der den jungen Friedrich erst förderte, dann, als er mächtig geworden war, ihn bannte und seine Nachkommen blutig niederstrecken liess. Der Raum, in dem ich sitze, kann gut über die Treppe verlassen werden. Dazu geht es durch die Wohnungstür und zuvor durch die Zimmertür, zunächst überhaupt erst fort vom Fenster. Erst einmal muss ich vom Tisch Abstand nehmen, dann wegtretend vom Fenster den Raum verlassen. Ich kann also den Raum verlassen. Er ist keine Zelle, kein Kerker, auch wenn ich ihn so inszenieren könnte.

Morgen würde ich lieber am Schreibtisch bleiben als erneut zu einer Wanderung aufbrechen. Das denke ich, während ich vor dem Fenster sitze und schreibe. Du bist auch unsicher, ob wir fahren sollen oder nicht. Gemeinsam, für uns denkend, sind wir sicher, dass es für uns gut sein wird, wenn wir etwas unternehmen, etwas wieder in uns aufnehmen, das uns über die nächste Woche hilft.

Avalon

Jetzt betrachte ich das Holz zwischen den Fensterscheiben. Die Kanten sind mit Metall belegt, die Schliessen sind als Intarsien in das Holz eingearbeitet. Schraubenzieher, Säge, Spachtel müsste ich zur Hand haben, wenn ich das Holz benötigen würde, etwa um zu heizen. Die Vorstellung, das Fensterholz zum Heizen zu verwenden, ist widersinnig, das fällt mir auf. Denn durch die Fensteröffnung würde so schnell Kälte eindringen, dass es sich nicht lohnt zu heizen. Die Vorstellung habe ich aufgeschnappt, Kriegsfilme oder Spielfilme zu Klimakatastrophen haben sie in mir festgesetzt. Es käme auch niemand auf die Idee, aus diesem Holz Kreuze oder Stäbe zu schnitzen. Ich organisiere meine Zeit, um das Gedicht zu übersetzen.

Es wird zu einem Gefährten, beschäftigt mich, beansprucht Aufmerksamkeit, bindet an den Schreibtisch, kostet Zeit, die ich nicht habe, die fehlt, um Zürich zu verlassen. Ich möchte das Gedicht bei mir wissen, auch wenn ich es nicht verstehe, dieses Gedicht von Liebe und Meer, *Querelle*, nicht lesbar für mich, ohne Bücher zur Hand zu nehmen, in denen Hinweise gefunden werden können, um zu verstehen, was ich übersetze. Unverständlich bleibt trotz der anderen Bücher die See. Sie lässt sich bestaunen aus der Sicherheit des Kinosessels oder beim Lesen in der Wohnung auf dem Festland, inmitten Europas, da bleibt die schwere See der anderen fern, Mordsee, Seemannssee, das Meer, das im Text genannt wird, das ich lesend auf dem sicheren Boden der Mietswohnung bestaune, hat einen freundlicheren Namen, er ruft Vorstellungen von einem Binnensee oder einer lieblichen Bucht auf: *Il Mare amoroso.* Das Gedicht wurde geschrieben in einer Zeit, als der Atlantik, die grossen Ozeane noch nicht von Europäern befahren und mit Seeschlachten überzogen wurden.

Nicht von Ausserhalb, sondern von Innen, aus der Wiederholung, so schreibt eine Zeitung, entsteht Chaos. Bei uns ist das anders, durch den Lärm, der sich in Rhythmen wiederholt, in Ordnungen, die wir nicht einsehen, über die wir aber informiert sind, werden wir zerrüttet. Ohnmächtig unbeholfen, wie gegenüber dem Klimawandel, wirtschaften wir mit unseren Mikromöglichkeiten, wollen mit Kunst – wir machen Kunst – Vehikel gewinnen, um aus dem Gitter, in das wir gepfercht sind, hinaus zu segeln im Takt von Liedern, Seemannsliedern, Shantys. Oder wir relativieren, indem wir uns sagen, dass es uns ja noch gut geht, ja überhaupt, die Dimensionen sollten wir nicht ausser Acht lassen, der grosse Umbau der Verkehrs; ja, der Knotenpunkt Zürich: Unsere Stadt wird fitgemacht für den Weltmarkt des Bevölkerungswachstums, wir sind Teil eines Raumplanungsprojekts, Teil einer Umsetzung einer Raumplanung.

Wir folgen der Einladung, bei der Planung eines Hauses mitzuwirken. Es soll zwischen uns und den Gleisen gebaut werden, ein Wohnraumschiff nach modernen energiepolitischen Standards. Auf der anderen Seite entsteht zudem noch ein Hochhaus, in dem ein Komplex mit sechs neuen Kinosälen und ein Veranstaltungsort vorgesehen ist. Dort werden Lesungen und andere Veranstaltungen stattfinden. Das Gebäude auf der anderen Seite wird *Kosmos* heissen. Das Gebäude auf dieser Seite der Gleise, zu dessen Planung wir eingeladen sind, heisst derzeit *Zollhaus.* Angedacht wird hier eine Dachterrasse, von der wir dann den Mond über dem *Kosmos* sehen können und auch die *Internationale Raumstation*, Prototyp für Langzeittests des Lebens im All.

Können auch wir ein Raumschiff bauen? Ein *worldship* aus Zeichenkisten basteln? Neben den Gleisen ein Leben entwerfen, das über dem Gleisfeld im Kosmos auf einem Weltschiff möglich ist? Ein Raumschiff, das lange genug unterwegs ist, um einen Planeten zu finden, auf dem menschliches Leben möglich ist, nachdem das Leben auf diesem Planeten unmöglich geworden ist?

Wir haben keine Zeit, uns damit zu beschäftigen, auch wenn wir möchten, denn wir wollen ständig fort, im Sommer, im Herbst, auch danach, wenn die Wagons bereits wieder mit Skiausrüstungen gefüllt sind, Schnee zwischen den Gleisen liegt, weiss bedeckt die SBB-Transportkisten verstreut im Gelände sind. Kein Wunder, dass an das Reisen denkt, wer Gleise vor sich hat. Wir sollten nicht so planlos flüchten, sondern mit einem Ziel die Vorstellung realisieren, anders zu werden, verändert zumindest in die Wohnung, das Lärmgatter zurückkehren, anders werden, oder wahrnehmen lernen, das Gitter unserer Sensibilität zu modulieren, so zu verändern, dass Möglichkeiten fassbar werden, mit denen durch das Kreischen der Züge die Schreie der Betrunkenen weggegondelt werden können.

Schattenhalber lockt hinaus. Kraut, Vorstellungen von der Kraft der Pflanzen in der Milch der Kühe, Kraft, die auch Gestein, selbst die Chemie des Asphalts sprengt. Ein Katalysator, Mediator zwischen der Wohnung und den Alpen ist die Käseproduktion als Beispiel für systemisches Denken. Es ist auch ökologisch übertragbar: An meine Haut lasse ich nur Wattebällchen aus Baumwolle *fairtrade. Dreiviertel* systemisch müssten wir sagen, denn wir achten auf zwei Drittel. Einmal, auf das, was in unsere Körper gelangt, zweitens auf das, was in unserem Körper geschieht, aber nicht auf das, was aus unserem Körper gelangt an biologisch-chemischen Abfall. Das ist nicht ganz gerecht. Zumindest manchmal, wenn wir Kunst machen, achten wir darauf, was wir in die Welt abgegeben. Das soll ein Mehrwert sein, bemerkt, berücksichtigt, beachtet werden.

Der Lärm kommt zurück, drängt den Gedanken an die Käseproduktion beiseite. Lärm entsteht durch Zufügung, penetrierende Häufung von Schallwellen. Er bewirkt, dass wir uns verschliessen, uns voneinander abschotten, voreinander und vor der Welt. Wir wollen in die Restschweiz, hin zu dem, was es an Schweiz neben dem Bahnhof Zürich gibt. Die Vorstellung wird zum Floss, um von der Wohnung abzustossen, fort zu schiffen. Ich möchte auf dem Floss einen Mast errichten, an ihn ein Tuch hängen, Wind einzufangen, um hinaus in das Licht zu fahren. Auf der Mastspitze, Bergspitze oder Kirchturmspitze Ausguck halten, rückblickend ausspähen, wo herum das Lärmgeläute sich verdichtet und Tentakel von Mustern bildet, die anderen zerquetschend, die dableiben müssen, in dem Züri-Bahnhofsland bleiben müssen, wenn sie denn Glück haben und nicht in Aleppo-Bagad-Beirut-Belfast-Autobombenstädten wohnen müssen, denn Züri ist sehr schön, eine der schönsten Städte, eine der urbansten, der best möglich geplanten Städte der Welt. Züri hat Badeanstalten, See- und Bergansichten und Villen.

Zwei Flüsse strömen in der Nähe des Bahnhofs. Ein Fluss ist mit Holzplanken auf der einen Seite und Betonböden auf der anderen Seite ausgestattet. Er fliesst aus dem Südosten zu dem anderen Fluss heran, der unter dem Bahnhof hindurch geführt wird. Dort, wo beide Flüsse nebeneinander fliessen, ohne schon vereinigt zu sein, lässt sich gut liegen, in der Hitze der Stadt der sachte Wind der beiden Flüsse spüren.

Uns geht es gut in Zürich, sehr gut sogar, relativ zu den anderen, die in Weltstädten leben, hier gibt es Badis, als Ausweichmöglichkeiten, um nicht zertrümmert zu werden. Ich bemerke ein Häutchen, das sich vor der Seele bewegt und regt. Es lockt hinaus an den Fluss. Wir dürfen in der Badi am Fluss sein, wir liegen auf Beton, dorthin falten wir uns, spiegeln wir uns aus der Vertikale vor dem Fenster in eine Horizontale auf dem Beton über dem Flussbett. Dort liegen wir und schauen in das Luftmeer. Wir heben ab von den Betonbahnen der Badi, die Max Frisch gebaut haben könnte, aber doch nicht gebaut hat, sondern ein Bauverantwortlicher der Stadt Zürich, von dort steigen wir auf in den Himmel.

Es wird zu heiss. So zücken wir ein Register an Worten, das nicht passt, pröbeln mit der Struktur, um die Leere in uns zu verdrängen. Einklinken in das Schwarzweissfoto über der Bar der Badi gegenüber: *Avalon Attractions Presents 8 P M The Clash Sold out Bo Diddley.* Eine Frau in schneeweisem Bikini mit blauer Bierdose wird hörbar. Sie cremt sich gut ein, vorsichtig mit Kokosmilch. Denen, die sie angaffen, zeigt sie dabei nichts, klettert die Stange hinunter ins Wasser, bis der Steg ihre Brüste verdeckt, dann zieht sie den Bikini aus und reibt sich mit der Kokossonnencreme ein zwischen den Brüsten. Sie setzt dazu blechblasig schubweise in die Luft: *Wie ihr versucht, meinen Körper kaputt zu machen. Seit drei Jahren krampfen wie ein Arschloch … ich habe einen Frauenkörper seit drei Jahren … was ihr aus meinem Körper die letzten drei Jahre gemacht habt … ich bin gestählt … wenn er versucht, mich zu unterdrücken, dann Tschüss Caroll … So eine Dreckssperson … Ich bin der Chef … Das muss ich mir nicht bieten lassen.* Ähnliche Sätze könnten wir auch unterhalb unserer Wohnung, auf der Strasse zwischen den Bars in unserer Nähe hören, wenn wir näher dran wären. Wir hören das, was solchen Sätzen folgt, das Schreien, in das selten Martinshörner einstimmen. Aussichtslos, *die Kunst des Bogenschiessens* zu entwickeln. Dazu müsste die Leere zugelassen werden. *Der fliegende Pfeil steht still.* Wir segeln ihm davon, wenn wir endlich wieder einmal aufbrechen, um zu wandern. Ein Zeitboot ist eine flexible Kapsel, die uns zum Kaiser führt, die Person, die Lösungen garantiert. Wir bauen etwas, wissen aber nicht was und wie. Wir sehen eine Schleppe, eine Logleine mit Gewohnheiten vor. Was ist eigentlich mit der Kaiserin?

Spare Daten, lebe im Himmel auf einem Bananenblatt, das ich kaum beladen kann (schwebe über meinem Schiff). Werde das jetzt doch angehen und Kaiser werden von China und Freund aller Anhänger der mohammedanischen Religion, bevor es zu spät ist. Wind hole ich mir dazu aus einem Schreibrohr, lass mir das von Alexander aus Ägypten liefern oder erfrage eines von Peter, der unten im Haus, an der Ecke von Zollstrasse und Neugasse das

Ladenlokal gemietet hat. Er ist länger als wir im Haus und erzählt etwas von Gorillas, die er aus Erdsteingemischen formt. Ich kann ihm nicht gut zuhören, weil ich am Briefkasten einen Klebstreifen befestigen muss mit einer Notiz für den Zeitungsboten. Ausserdem will ich oben in der Wohnung mit dem Schreibrohr blasen, hinweg über die Zeichen vom vergangenen Parteitag tröten, wo sie die Militärausgaben erhöhen. Ich will dabei sein, weil meine Vorgänger auch schon da waren. Aber ich reise nicht mit der Flotte an. Auch Bullen kommen als Vehikel nicht in Frage, jedoch die Schriftstatik des Staufers. Ja, die Turing-Maschine nehme ich auch mit. Sie ist immer dabei und auch Friedrich der Zweite rastet ein, sobald ich den Weg zum Bahnhof nehme. Wenn ich den aber beginne zu problematisieren, komme ich nicht Fleck, komme weder nach China, noch werde ich einen Kaiser auf dem Markt kaufen. Peter zieht Cyperngras, das wie Papyrus ausschaut, in seiner Werkstatt. Ich vergesse zu fragen warum. Ich vermute, weil die Pflanzen Sichtschutz vor den Passanten bieten, die vom Gehsteig in seine Werkstatt schauen. Mit dem Lärm hat er wahrscheinlich weniger Probleme, weil er im Erdgeschoss abgeschirmt ist und auch nachts nicht anwesend ist. In Ägypten haben sie mit der Verwendung von Papyrus als Schriftträger begonnen. Die Blätter müssen dazu vorbereitet werden.

Sappho hat einen Griffel in der Hand, der muss stabil sein, denn er muss Zeichen in das Wachstäfelchen drücken. Da wird es schwer, den Atem, das Rauschen zwischen den Fingern zu bemerken. Ein Ende ihres Griffels ist breiter als das andere. Daran lässt sich knabbern. Es kann Schnabel, Doppelblatt werden, Fagott, das einen Ton erzeugt. Die Finger auf den Löchern der Flöte gleichen diese beim Spiel dem Mond an, wenn die Finger das dunkle Loch der Flöte halb, ein Viertel sichelartig oder gar nicht schliessen als Neumond. Beim Griffel fehlt der Schallkörper, in dem sich die Wellen stabilisieren können. Steif steht der Griffel quer zum Laut, drängt zur Starre der Begriffe. Bist du gegen etwas, leidest, verleihst deine Worte als Gefährten,

Freunde der Seele? Erhoffst du Geld? Erwartest Wertschätzung, wenn du Schmerz in Töne umsetzt, die in die Welt klingen? Du machst es dir bequem. Wir hören Silben ab, indem wir uns laut vorlesen und ich stocke nun bei jedem I, mir fehlt der zweite I, die Verbindung zu Friedrich.

Stäbe bilden ein Fenster. Ein Stab an die Lippen geführt, berührt mich erst, wenn ich bei der Betrachtung des Bilds beginne, darüber nachzudenken, dass Berührung möglich ist, wenn ich mit einem Stift nachvollziehe, was in dem Bild zum Stillstand gekommen ist. Laut für Laut suche ich in fremden Texten ein Geländer. Jaccotet vermerkt, dass er einen Vogel hört so: *L'oiseau nommé l'effraie.* Bin nun wie eine Schildkröte auf den Rücken gedreht, weiss nichts, kenne die Worte nicht, *nommé, effraie,* ich meine sie betreffen das Brechen von Stäben, den Stäben, die ein Fensterkreuz bilden, die Gitterstäbe vor einem Fenster, einem Kerkerfenster, dabei bedeutet *effraie Schleiereule.*

Schwarze Strichmenschen in der Wanderlandschaft im Süden, in Chiavenna drängen sich vor. Wir versuchen, sie zu vergessen. Sie werden in der Zeitung präsentiert oder sind beim Gang durch eine Fussgängerzone nicht zu übersehen. In unseren hippen Hemden weichen wir ihnen, so gut es geht, aus. Wir spenden ja und stellen Mikrokredite zur Verfügung. Wir können auch fragen, ob wir Hilfe bekommen und dann eine Partei gründen, weil wir keine erhalten. Ja, wir benötigen Hilfe, weil wir nicht wissen, wie mit dem umgehen, was da aus der fremden Welt in unsere eindringt, die Fremden, Bootsflüchtlinge. Naomi Klein rät das Gegenteil, direkt anrufen. Ich weiche aus, indem ich frage, ob Basho weiterhilft? Pyramus und Thisbe besuchen mit Horaz Boethius in der Zelle. Im Ton als Schwalbe, die aus dem Fenster fliegt, sieht der Blick doch auch hinaus! Ich werde ja reisen, Goethe stimmt dem zu, Alexander wird auch dazu kommen, falls der Parteitag das Ziel ist. Ich kann damit leben, dass ich weniger weiss als meine Berater.

Ohne Ruder, ohne Segel

Das Fenster, vor dem ich schreibe, können wir vom Zug aus sehen, wenn wir in den Bahnhof einfahren oder ihn verlassen, zuerst das Kuoni-Hochhaus, dann das städtische Brockenhaus, dann unser Haus, dann die Docks oder in umgekehrter Reihenfolge bei der Einfahrt. Bei uns sind wir, wenn wir woanders sind, wenn wir zum Bahnhof eilen, um zu wandern, uns in Landschaften, an Orte versetzen, auf Wege geraten, die zu unseren werden, wenn wir bei den ersten Schritten in den Bergen einen Rhythmus wählen, mit dem wir die Steigung schaffen. Die Höhe, der Winkel des Wegs setzt uns ein Mass, definiert den Schritt, oder die Abfahrzeit des Zugs gibt uns ein Tempo vor, mit dem wir vom Bahnhof zum Berg gelangen. Für den Weg zum Bahnhof suche ich etwas, das den Stöcken am Berg entspricht. Einen Quadranten müssten wir haben, belagert von Komplexen, gegen die wir beherzt durch Masseinheiten geführt Verhaltensweisen setzen auf dem Weg.

Gegenüber den städtebaulichen Massnahmen wollen wir etwas in der Hand haben, um zurechtzukommen mit dem Takt, den sie uns zumuten. Für den wir noch dankbar sein müssen, dass es uns nicht so trifft, wie die in Syrien gerade, im Gaza-Streifen, in Kairo, unlängst auch auf dem Balkan, was wir wahrnehmen müssen, denn deren Kinder sind noch nicht so weit gekommen, dass sie hier auf dem Weg in der Sonne sitzen, wie die Partyleute, an denen wir vorbeikommen. Wie sie in der Sonne vor der Ambossbar ausruhen, wenn sie übernächtigt die Sonnenstrahlen an sich heranlassen zwischen den Beats auf eine Zigarettenlänge oder einen Joint. Wir gehen unausgeschlafen an ihnen vorüber, weil wir wandern möchten.

Im Konglomerationsgetöns will ich Worte setzen, sie heraustreten lassen für etwas, nicht gegen etwas. Könnte doch ein Lied wagen, auch ohne Rhythmus, baue mir ein Viereck, beginne gleich mit mehreren Ecken, Polen, Bug und Heck: *E se potesse avere una barchetta*, steht im Gedicht: *Und wenn ich eine kleine Barke haben könnte*. Damit bin ich auf einem Schiff, das sich als Standfeld auf der Strecke zwischen der Wohnung, den Fenstern und dem Bahnhof anbietet. An einer Ecke pflücke ich etwas Neuartiges aus der Lebenswelt mit Lust und Bekenntnis zum Delirium, Liebesläuten, Euteronanie, alter neuer Sapphokunde; an einer anderen Ecke können Prosachancen Gedanken winden, aus denen immer wieder plötzlich sich etwas generiert, gegen den Trott für etwas, das zu unstet, brüchig bleibt, um als Weltbauwerkzeug zu bleiben.

Angenommen, wir haben ein Vehikel, wie setzen wir dann Kurs? Fragwürdig ist die Richtung schon beim Aufbruch, solange er eine Flucht ohne Not ist. Wir suchen-finden eine neue Wohnung, und das Lärmproblem wäre vom Tisch. Statt zu wandern, suchen wir gezielt eine neue Wohnung! Die Not ist nicht wirklich da. Wir brechen also ohne Not auf. Ich bin nämlich dagegen, die Wohnung zu wechseln und vor dem Lärm zu kapitulieren, dem Druck der Baumassnahmen zu weichen.

Ich benötige allerdings den Kaiser, um zu bündeln, zu fokussieren. Damit mir nicht alles auseinanderfällt. Er dient als Magnet für die Silbenspäne, Marke, an der sich Staubkörner sammeln, er ist mir zum Segelstein geworden, war aber zunächst nur ein Stein auf dem Weg, über den ich gestolpert bin, den ich zögernd ergriffen habe, seitdem habe ich ihn immer dabei. Ob er ein Ballast ist, unnötiger Ballast oder mir hilft, ein Gleichgewicht zu finden, weil ich mit ihm Zusammenhänge bilde, die sich allerdings trüben, sobald ich andere, zum Beispiel Wilhelm den Zweiten dazu nehme. Wilhelm verehrte Friedrich, und die Matrosen in Wilhelmshaven, meiner Heimatstadt, hiessen *des Kaisers blaue*

Jungs. Das wird mir zu viel. Ich bleibe bei Friedrich, halte Abstand zu Wilhelm. Der Kaiser hier mag manche, andere nicht. Petrus, sein Liebling, wird sterben. König-Kaiser Heinrich, der Vater von König-Kaiser Friedrich, hat auch gedichtet, Friedrich selbst ebenfalls, z.B. ein Gedicht, in dem die Wendung *Blume von Syrien* fällt. Heute ist fragwürdig, ob er eine junge Dame aus dem Gefolge seiner zweiten Gemahlin, Jolanthe von Jerusalem, *Blume von Syrien* genannt hat. Die Nähe zu ihm entfremdet, streckt das Verhältnis zu Frauen, der eigenen Frau, zu dir in die Ferne, führt dazu, die geliebte Frau auf dem Mond sehen, in den Sternen, schwebend wie Helene Fischer über den 120 000 Fans im Berliner Olympiastadion an zwei Abenden, gesamtdeutscher Engel.

Die Dichtung am Hofe des Kaisers in der Vergangenheit wird zu einem Dickicht, Zufluchtsort, Gelehrtengestrüpp aus Fernliebe, Astrologienomie von Frauen, Gestirnen, Attraktoren für die Weltflucht, festigt die Einschätzung, irgendwie mit der Welt zurecht zu kommen, wenn man nur dichtet oder philosophiert; der Wille zum Gedicht, zum Buch irritiert allerdings das soziale Verhalten, verzögert, weil die Zeiten für das Buch und die Zeiten für das gemeinsame Leben abgestimmt werden müssen. Das Schreiben, Büchermachen-Wollen führt Rituale der Konzentration, der Selbstbetankung mit sich, unter dem Lärm verkommt die Freiheit der Selbstsetzung zum rituellen Dienst: Bloggen, Buch schreiben, meine Listen, meine Termine, die Energie, der Strom, den ich brauche, auf den ich achten muss; wie soll ich da etwas richtig denken und von mir selbst recht denken? Das ruft die Frage auf: Was sind denn so Gefühle?

Bei Reclam ist nun ein Reader mit philosophischen Texten zur Liebe erhältlich. Die verkapselten Gedanken, sind sie wirklich da? Der Text des anonymen Dichters führt mich fort. Das lasse ich nur bedingt zu, hefte mich an den Weg, der Friedrich den Zweiten vor 800 Jahren durch die Schweiz geführt hat. Da

Friedrich von Chur nach St. Gallen und Konstanz gelangt ist, und zwar sicher und rechtzeitig vor Kaiser Otto, und Friedrich es klug anstellte mit den Fürsten, Bischöfen, Juden und Arabern in seinem Reich, wurde in Europa juristisch-technisch die Fernliebe als Herrschaftsinstrument etabliert. Die Gefühle der Untertanen werden in Bahnen gelenkt, die zum Kaiser führen, das Gleismeer, Arbeitsmeer führt zum Hof, dem Kopfbahnhof der kaiserlichen Bürokratie. Was sich nicht auf die Gleise setzen lässt, verkümmert, wird zu Abfall in den Tälern, Buchten, Treibgut im Meer, das der anonyme Dichter im *Mare amoroso* in Versen mit Elfsilbern ordnet.

Eine Fanfare eröffnet das Gedicht, zugleich stockt der Ton, hält nach einem ersten Luftstoss inne. Der Anruf selbst ist bereits verkürzt. Es heisst nicht: *Meine schöne Liebe*, sondern *Liebe mi' schöne* oder *Lieb' mir' schöne.* Der Dichter war gewohnt *amor* zu sagen, nicht *amore.* Er spricht verkürzt, vermeidet elegischen, gefühlsduseligen Wohlklang. *Amor*, das ist kurz und bündig, die zweite Silbe hebt den Ton gegenüber der ersten. Ein Ruf, der mitteilt, dass nicht die Vokale das Gemüt einschwingen sollen in eine sichere, ruhig laufende Klangbewegung, sondern die Konsonanten rasant den Ton lenken. Nach dem *bello*, nach dem *schöne*, ist eine Pause notwendig. Das *o* muss ausklingen, um einem zweiten *o* Raum und Zeit zu lassen. Dieses *o* wird durch ein *r* markant begrenzt. Es wird dann durch einen Laut ausgebremst, den ich Knacklaut nenne: *Liebe mir schöne, oder was wird aus mir werden*, die Stockungen kann ich so nicht wiedergeben, sollte ich aber dem Gedicht zuliebe, versuch ich doch, warte, dass mir etwas einfällt. Die Zeit, die ich mir nehme, ist noch keine, in der ein Gedicht klingt.

Über die Seele, sprich uns von der Seele, in den Hörsälen wurde das gerufen, weil die Seele wie ein Arm, wie ein Stück Natur behandelt werden konnte, seitdem eine Übersetzung der Schrift *Über die Seele* von Aristoteles in Italien bekannt wurde. Gerüchte über den Text streunen aus dem Süden, Sizilien, nach Norden, bevor der Text in Manuskripten, Abschriften kursiert. Die Theorie der Seele gehört zu den physikalischen Schriften, sie wurde von den Arabern aufbewahrt, kommentiert, gepflegt, wie die Physik, die *Metaphysik* des Aristoteles. In Europa waren nur die logischen Schriften bekannt, beschränkt dadurch auch Friedrichs Wissen zu der Zeit, in dem Abschnitt seines Lebens, während des Zugs von Palermo nach Konstanz. Da bewegte er sich in den damaligen Grenzen des westlichen Wissens, das markant weniger philosophische Texte zur Verfügung hatte als die Gelehrten im Gebiet des Kalifats, das im achten und neunten Jahrhundert unter den Abbassiden *die Rettung und Aneignung der alten philosophischen und naturwissenschaftlichen Texte zum obersten Staatsziel* erklärt hatte, wie Sturlese in seinem Bändchen *Philosophie im Mittelalter* schreibt.

Der anonyme Dichter nimmt auf die Schrift *Über die Seele* keinen erkennbaren Bezug. Er thematisiert nicht die Phantasie als Mittelglied zwischen vergangenen und zukünftigen Vorstellungen. Sein Dichten kennt die Zukunft als gegenwärtige Drohung, die Vergangenheit als noch immer wirkende Verletzung. Ewigkeit kennt er und Gegenwart. Die Ewigkeit liefert Argumente, um die Gegenwart zu gestalten, zu berichtigen, zu fordern. Er ist ein Dichter der Schlussfolgerungen, der Argumente und Beweise, nicht der strömenden Phantasie, so zahlreich die Bilder sind, die er aufruft. Ohne Phantasie ist er nicht, auch wenn er primär gemäss der Logik des Aristoteles argumentiert und nicht mit der Seelenlehre, die von der Phantasie spricht. Der anonyme Dichter wünscht sich ein Vehikel, das *sanza remi e sanza vela, ohne Ruder und Segel* zu Land und auf dem Wasser fährt. Die Silben seines Gedichts bilden ihrerseits Vehikel, die beim Lesen entstehen und wieder verschwinden.

Hinter dem Meer

Wie kommst du hinzu, wie lebst du im Text, findest dich ein? Kann ich dich lesend, schreibend hinzubitten, dich einladen, indem ich eine Umgebung schaffe, in der du dich zu mir gesellst, weil die Worte so klingen, die Farben stimmen? Überhaupt alles so ist, dass sich etwas bildet? Das Gegenteil muss ich unbedingt vermeiden, wenn das gelingen soll; auf keinen Fall können Worte auf die Waage gelegt werden und die Schale der Entscheidung ausschlagen lassen, als ob es um Dichterwettstreit, eine Gerichtsverhandlung und Schlichtungsversuche, Klärungen nach einem Streit geht. Ich kann vom Kaiser erzählen, der sich von der Null berichten lässt bei einem Treffen mit Fibonacci.

Fibonacci war auf der Reeperbahn, auch im Starclub und auf dem Zaubermarkt sowie da und dort bei den Arabern, aber nicht in Brasilien, was damals von Europäern noch nicht entdeckt war, wohl aber die Araber einiges Wichtiges, lange Zeit Unverzichtbares aus Afrika und Indien und China zu wissen und zu gebrauchen nach Europa brachten, in die Enge der Zelle, die Boethius dichtend als Ort des Denkens in Europa etablierte mit den vertrocknet erscheinenden Bäumen des Seins; wie kann so ein Baum wieder spriessen und jung erscheinen? Er muss nicht erscheinen, denn er ist jung, so jung wie das Wesen des Lebens selbst und die Philosophia und der junge König, der Kaiser wird und die Philosophie und die Liebeslyrik fördern wird als Massnahmen gegen die Liturgie und die Theologie der Kirche und für die Wurmlöcher, die Fibonnacci, der Meister der Null, bereits als Penrose seiner Zeit, für den Kaiser als Wurmloch aufgetan hat. *Sesam* öffnete sich. Die Ferne verlockt das Ich mit Haltegriffen. Als Klinken glitzern die Fragen nach der Zukunft der Zeichen auf, die durch die Mathematik vorgespurt werden, die Möglichkeiten, die sie für möglich zu halten gestattet, die Mathematik und ihre Physik, das sagst du mir, habe der Kaiser

Penrose wissen lassen, habe Penrose dem Kaiser, haben die beiden einander und dann der Welt mitgeteilt und der Kaiser und Penrose, die haben es dann geschafft, mit der Lyrik solche Kreise, die ein Nichts umschliessen, zu bilden. Jedes menschliche Wesen kann das, seitdem der Kaiser und Penrose sich zusammen getan haben, Unglaubliches zu leisten, das den Menschen ermöglicht (mit Silben) in einen Kreis, das Oval der Null zu schlüpfen, das die Hofleute wieder mit Schlussfolgerungen verstopfen, die Apparatur der Beziehungen am Hof, in Behörden, Instituten, die räsonniert nach den Geboten der Logik. Das gibt der Dichtung einen *drive*, der sie von den Farben, Klängen der Zeitgestaltung entfernt.

Der Kaiser lässt sich doch nicht die Null erklären, sagst du, schreibe ich. Der Kaiser gewinnt Seeschlachten gegen die Genueser und die anderen, weil seine Schiffe länger und deshalb schneller sind, das habe ich gelesen. Ich beauftrage den Mann im Mond in mir, den Gedankenzwerg, der zwischen den Ohren sitzt und mit dem Mann im Mond bekannt ist, den beauftrage ich, fünfzehn Striche, fünfzehn hoch, fünfzehn quer zu ziehen, so in diesem Text etwas zu etablieren. Erst wird gegoogelt: Mathematiqua erklärt das Additionsverfahren. Es reiht einen Strich neben einen anderen, bis keiner mehr übrig ist, bis aller Sand mit Strichen bedeckt ist, bis alle Kerbhölzer verbraucht sind, alle, die Kerben schnitzen können, gestorben sind, den Sonnentod gestorben sind oder den Zusammenstoss von Erde und Mars nicht überlebt haben. Folgen wachsen ins Unermessliche. Gäbe es Menschen, Rechengeräte, die alle Katastrophen überleben, dann würden sie über das Ende aller Tage hinaus Striche aneinanderreihen und doch kein Ende finden. Der Verfasser des Gedichts hat davon gehört: Er spricht von einer Zahl, *die so sehr wächst, dass sie kein Ende findet.* Auch die ihm bekannten Orte und Landstriche erweitert er. Er kennt ein Land, vermutlich lag es im fernen Westen, indem sich die Bewohner nur durch den *Duft eines Apfels ernähren.* Einen solchen Apfel möchte er haben. Wir halten uns durch gesunde Ernährung stabil, setzen sie gegen den Lärm und die Schlaflosigkeit, die er bewirkt.

Ich stehe am Fenster, gleich setze ich mich an den Schreibtisch vor dem Fenster, verlasse die Wohnung nicht, schreibe, lese, komme auf anderes, das ich schreiben oder lesen könnte, möchte morgen mit dir aufbrechen, wie damals zu Pfingsten oder im August. Da haben wir noch die Moden, von denen die Physikerin Lisa Randall schreibt, Versestrings, die geklärt, entwirrt werden können und ein Geflecht ergeben, das trägt: *e sì vorrïa di quel pome avere che dona vita pur col suo olore a una gente via di là da mare.* Was kann hier Klärung bedeuten? Was verstand die Zuhörerschaft des Dichters damals? Oder was verstehen wir heute unter Zeitsträngen, die mit Silben, Wortstangen betastet werden?

An das *Mare* denkend, den Duft des Apfels, *von dem sich ein Volk ernährt, das hinter dem Meer lebt, das nichts isst, noch trinkt eine andere Nahrung*, damit durch Zürich irren und rufen, dass von der Seele gesprochen werden sollte, die Seelenbücher durchdichten, die Zürcher Seelenbücher hier, während die Deutschen in Babel hocken, immer wieder hocken wollen, weil die Deutschen seit Wilhelm dem Zweiten meinen, dass Mesopotamien ein Kolonialgebiet ist, weil sie auch den fruchtbaren Halbmond besitzen wollen, auch ihren protestantischen Gott überall zur Anbetung führen wollen, mit der Berlin-Bagdad-Bahn die preussische Theokratie exportieren und glauben, dass so sich Freundschaft mit allen Arabern schliessen lässt.

Friedrich der Zweite verhandelte mit Saladin auf Arabisch, war bewandert in den Künsten und Techniken, die in der islamischen Welt gefördert wurden: Medizin, Chemie, Mathematik. Mit ihm lassen sich Vorstellungen verbinden von der Mathematik, der Null, vom Magnetismus, dem Kompass, den die Araber in Palermo bereits benutzt haben, als es Berlin noch nicht gab, Wilhelmshaven und Friedrichshafen noch viel weniger, in Florenz noch keiner davon eine Ahnung hatte, was der Kompass und das Heckruder für die Welterfahrung bedeuten können. Die Genueser schon, die waren in Palermo aktiv und sassen weiter im Norden als die Florentiner, die in der Toscana aber die Null und die doppelte Buchführung früher kannten als andere im Norden und im Süden. Die Null kann alle Zahlen, positive und negative aufnehmen, auch das Gedicht und den Unfall: -n-I … -III,-II,-I=I,II,III … n-1=0.

Gott

Ich sitze noch nicht, halte inne im Schritt von dem Fenster, das nach Westen geht, hin zum Schreibtisch vor dem Fenster, das nach Süden geht, überlege, was und wie ich weiter schreiben kann. Ich bin noch nahe an einen Fenster, gleich setze ich mich vor das andere Fenster und schreibe, spanne an, spanne ab: *Hirschwolf, come il lupo cerviere*, sehe nach, wie es der anonyme Dichter mit Gott hält: *Ich liebe Euch, Göttin, mehr denn als Gott*, schreibt er, setzt das in Anführungszeichen. Er bettet diese Aussage in eine unmögliche Bedingung ein:

Sicher wenn ihr für einmal könntet
so weit sehen wie die Hirschenwölfe,
was jenseits der Berge liegt, schauen sie klar,
dann würdet ihr eure schöne Gestalt sehn
gemalt und fest eingedrückt in meinem Herz
verziert auch Schriftzeichen, die sagen [in dieser Weise]:
„Ich lieb euch, Göttin, mehr als ich Gott tue...“

Er nennt sie Göttin und ich schalte um zur II. Die Stilisierung der Frau als Göttin ist ein Anliegen der Dichter am Hof von Friedrich, politische Lyrik nicht. Das unterscheidet die Hofdichter von den provenzalischen Dichtern, die zwar die Anbetung der unerreichbaren Frau in der europäischen Lyrik und damit das Konzept der Fernliebe vorbereiten, aber auch politische Gedichte verfassten, das heisst Gedichte, die sich gegen Obrigkeiten wendeten. Friedrich den Zweiten verwende ich als ein Ausschlusskriterium. Die Anbetung der Frau als Göttin wird zu einem Indiz, dass diese Form zu dichten strategisch ist. Sie treibt die Juristen des Reichs auf diese Weise zur Spracharbeit, zur Entwicklung einer Hochsprache an, die als Alternative gegenüber dem Latein der Kirche etabliert werden sollte, um die Untertanen zu regieren. Das ist auch taktisch, insofern als die

Dichtung den Wettstreit unter den Hofbeamten förderte und sie so beanspruchte, dass weniger Zeit für Intrigen blieb. Die angebetete Frau ist unerreichbar wie Gott. Wie wäre eine Welt, in der jeder Mensch dem anderen unerreichbar wie Gott ist? Ist das ein Zeichengitter, das sich auf das Muster einer Treppe übertragen, hinaufziehen lässt? Ich denke an eine bestimmte Wendeltreppe auf der Wanderung von Thusis nach Chiavenna. Am Schreibtisch stelle ich mir die Treppenstufen vor: Die Stufen bestehen aus verzinktem Metall, das gitterförmig angeordnet ist und deshalb Sichtschlitze hat. Ich muss mich auf eine Stufe konzentrieren. Durch ihr Gitter fällt, so ich jetzt schreibe, der Blick auf den Boden, den wir hinter uns lassen, durch einen anderen Schlitz über mir sehe ich hinauf zum Ende der Treppe.

Spindel der Notwendigkeit, Wendeltreppe, die wir nehmen müssen, um dem Weg zu folgen, der auf dem Dach einer Strasse, die zum St. Bernardino führt, auf einem Dach über den Autohimmeln der Fahrzeuge zu wandern, unbemerkt von den darunter beförderten Personen, die dann mit den Autos im Massiv verschwinden, während der Weg uns später hinab in das Tal führt. Zurückdenkend werden die quadratischen Löcher in der Treppe zu Düsen der Ingenieure, mit denen sie der Schwerkraft ein Schnippchen schlagen, an denen Erdreste, wie der Teig an Kuchenformen, wie Gräser, vielleicht auch eine Alpensoldanelle hängen bleiben, wenn Wanderschuhe ihr Gewicht auf das Geflecht pressen, Metalle, die als Geflecht angeordnet sind, um das Gewicht der tragenden verzinkten Metallstreben, die die Stufen bilden, zu reduzieren, Winkel, durch die wir auf den Boden sehen, von dem wir uns wendeltreppend entfernen in einer geöffneten Zinkmetallbüchse, einem quirlig zerschnittenem Gartenschlauch, in dessen Rundung wir uns als Hamster einrichten können und das Gefühl haben, dies wäre eine lebenswerte Welt, wenn es diese Löcher nicht gäbe, durch die wir hinaussehen oder durch die etwas eindringt, uns beschäftigt und bedrängt. Vielleicht ist die Wiederholung eine Form, der Enge auszuweichen, den Löchern auszuweichen, die unsere Aufmerksamkeit ansaugen? Und ob Klarheit ein Wert ist, das müssen wir noch sehen.

Sollen wir dieser Wortbewegung noch länger nachspüren? Bitte nicht, denn wir haben Mühe mit dem *drive,* diese Formen von Entscheidungen wie Hände zu erheben oder nicht, Vorstellungen von Leuten, die im Sattel sitzen zwischen kaiserlichen und königlichen Kronen, Kreuzzügen und Salbungen des Heiligen Vaters. Wir möchten da herausgeraten und hineingeraten in einen eigenen Groove, einen Takt finden, der uns entspricht. Jetzt sind wir leider weiter davon entfernt, als wir vor der Niederschrift dieses Textes waren, jedenfalls bis zu diesem Angelpunkt des Textes, Achse, Wendeltreppe, durch deren Stufen unsere Blicke nach unten fallen, auf den Weg, den wir bis hierher gegangen sind, der nun gerastert erscheint, fleckig vom Licht, das durch die Löcher in den Stufen fällt. Es tanzt der Boden des zurückgelegten Wegs, wird zu einer Himmelsbank, über die Wolkenlichtknäuel schweben, Nachrichten über einen Stau sich hineinmischen, der durch einen Unfall verursacht wurde, *beats,* die am Morgen noch aus dem Club dringen, der auf dem Weg zum Bahnhof liegt. Kann ich zwei Felder zugleich sehen oder drei oder nur eines?

Die Wendeltreppe auf dem Weg wird zur Datensichtstation, zu der ich in Gedanken wandere, ich möchte vom Schreibtisch aus wandernd zu der Treppe gelangen, durch deren Gitterstufen sehen, dazu gehe ich alles noch einmal durch, soweit ich kann: Erst die Strasse zum Bahnhof, davor noch der Aufbruch aus der Wohnung, die Treppe habe ich klar vor Augen. Das Kraftwerk dort, da war doch ein Kraftwerk in der Nähe? Ich weiss nicht, wie nah und wie fern das Kraftwerk von der Treppe entfernt ist. Ich denke an die Bücher, die ich mitnehmen möchte, das Nachttischchen, auf dem sie dann liegen werden, dann bei der Übernachtung in Andeer nach langer Wanderung von Thusis über Zillis, die Brücke von Maillart. War die Wanderung wirklich so lang, oder denke ich, dass sie so lang war, weil wir noch die Brücke von Maillard angesehen haben? Was war noch einmal vor unserer Abfahrt? Da war doch etwas am Billetautomat im Bahnhof von Zürich, was hat der mit dem Lärm zu tun? Wir hatten eine Zeitung im Rucksack, die wir im Zug gelesen haben. Auf dem Rückweg fuhren wir durch die Autobahngalerie, auf deren Dach wir den Tag zuvor gelaufen sind. Die Treppe hinauf auf die Galerie entwickelt sich als Chance, als Möglichkeit, unbestimmte Möglichkeiten aus zahlreichen, immer berechenbaren Gitterlöchern gebildet, von den Stufen der Treppe, Perspektiven, etwas zu denken, in dem auch der Unfall, der auf der Alpentraverse, zu der die Galerie gehört, geschehen ist, ihn wahrzunehmen, nicht einfach nur eine Meldung von ihm im Bus zur Kenntnis nehmen und sie dann vergessen.

Wie der Gesang sich in der Datenwelt einfindet, ist eine Frage, die in eine Vorgabe umgemünzt wird. Sie wird zu einer Aufgabe, die ablenkt. Die Geometrie kommt zu Hilfe, breitet einen Plan aus, zum Beispiel diese Treppe als Regelweise, Weltsichtwendung, Raumzeitquirl zu verstehen. Die Treppe führt bei der Rofflaschlucht auf ein Dach, unter dem Autos zum St. Bernardino fahren. Die Stufen der Treppe bilden ein Sieb, bieten Rezept, Formel, um Worte zu organisieren, entlang den Stäbchen des Gitters der Treppe Worte zu suchen, Verse den Längsstreben entsprechen zu lassen und Silbenreime den Schienen, die zu Wanderwegen über der Strasse führen. Kämmweisen könnten entwickelt werden, um Einsilber anzuordnen, 2, 3, 4, 5, 6 Silben pro Zeile als Masse verwenden, dann zu den Sonetten als Schlussfolgerungen gelangen.

Ich gehe den Weg, nun den Weg, der an der Ambossbar vorbeiführt, in Gedanken durch. Die Strecke beäuge ich durch die Lichtschlitze der Treppe, an die wir auf unserer Wanderung gelangt sind. Aus Worten, aus den Löchern, eine Schar bilden, das ist doch keine Gegenwart das hier, dieses Kommen und

Gehen. Nahe der Rofflaschlucht eben diese Treppe, Spindel, die das Glück in den Raum wirft, die Stufen mit den rechteckigen Löchern, sie, die Treppe führt über eine Strasse, auf der am Vortag eine Frau gestorben ist, es muss an dieser Stelle gewesen sein, überlegen wir, als wir die Nachricht später im Postauto hören. Wir denken, dass ein Postauto verunglückt sein muss, weil wir in einem Postauto sitzen, natürlich muss es auf dem Abschnitt der Strecke gewesen sein, den wir auf dem Dach überquert haben. Knapp sind wir also an einem Unglück vorbei gekommen. Das setzt sich fest, weil Philipp Felix Ingold wenige Tage nach Pfingsten per Post ein Gedicht mit dem Titel *Pfingststau* sendet.

Wenn ich jetzt am Schreibtisch das Foto von dem Unfall ansehe, der damals gemeldet wurde, wird mir klar, dass ich nicht recht erinnert habe, falsch, nicht recht schreibe, wenn ich formuliere: *Es knackt nun etwas im Gebüsch.* Mit dieser Formulierung geht eine Verortung einher, eine Unterscheidung von links und rechts. Links über uns müsste der Unfall zu hören gewesen sein, links, weil wir von Norden gen Süden wandern und der Bach in der Nähe des Autobahnzubringers rechts verläuft. Aus dem Süden kommend verläuft der Bach linker Hand und das Geräusch des Unfalls wäre dann rechter Hand zu hören gewesen. Ich rekonstruiere erneut, wie und wann wir damals aufgebrochen sind und gerate schrittweise auf andere Bahnen. Wir hatten bei der Abfahrt in Zürich Heissgetränke bei uns, die unsere geworden sind, weil wir sie mit sieben Frankenstücken und zwei Fünfzig-Rappenstücken, also mit neun Stücken im Zug bezahlt haben, um sie am Platz trinken zu können, diese Franken, der Betrag hinterlässt bei mir einen ethischen Fussabdruck, weil von diesem Betrag Müllsammler in Mumbai ihre Angehörigen mehrere Tage ernähren können.

Ambossbar, Bier der Marke Amboss für die Seele, die anders klingt mit und ohne Bier, mit mehr oder weniger Bier. Pythagoras und der schlaue Tristan schlagen Messungen vor nach Oktaven,

Quarten, Quinten. Auf einem Balkon in der Nähe der Bar sind zu Weihnachten Blechbläser zu hören. Ich zähle den Zorn und die Züge, die Limousinen, den Luxus und die Bedenken, zu linde, gelind wir uns lesend zur Armut der anderen verhalten: Tonfarbfarbgetön, Tonverfärbung in Kolumbus Karavellen der Qual der See, oder dem Kentern von Kähnen im Fluss, im Kleinen ertrinken und im Grossen so tun, als ob nichts geschehen ist.

Possen am Fenster, Tinte spritzt, hab mal die Sprache doch nicht, freie Verse aus dem Netz: Ja, wir versuchen vor dem Fenster auch korrekt zu sein, erwarten, was wir dürfen: Reparaturen in der Wohnung, Reisemöglichkeiten entsprechend unserem Kontostand, für dessen Höhe wir leben. Nicht unter Null sinken. Hantieren, Jonglieren deshalb mit dem Monatsgehalt und den Verkäufen.

Pilger

Beim Packen des Rucksacks wäge ich ab, welches Buch zu welchem Text führen kann, den ich schreiben möchte. Ich überlege, welches Buch wieviel Platz und Gewicht einnimmt. Den Text des *Mare* habe ich aus einem Taschenbuch mit italienischer Lyrik getrennt. Jedes dieser Gedichte ist für mich schwer zu übersetzen. Wenn ich auf einer Raumstation leben müsste und nur ein Buch mitnehmen dürfte, dann würde ich die Anthologie, in der ich das *Mare* gefunden haben, mitnehmen und könnte ein Jahr lang lesen und übersetzen, allerdings nur, wenn ich ein Wörterbuch hätte oder online das *Dizionario Italiano* benutzen könnte. Die 334 Zeilen des *Mare* auf den herausgelösten vergilbten Seiten der Anthologie wirken dürftig, teilen nichts von der Mühe mit und der Zeit, die ihre Lektüre beansprucht. Es sind unscheinbare Zettel, nicht wert, sie aufzuheben, wenn man sie irgendwo finden würde. Was würde ich denken, wenn ich auf dem Weg von Thusis nach Splügen oder auf der Zollstrasse in Richtung Bahnhof diese Zettel finden würde? Zettel auf denen steht: *so wie es ja der Pilger von Gott erbittet?*

Ich würde auf der Zollstrasse das Papier nicht aufheben, es vermutlich nicht unterscheiden von den Verpackungen, Zeitungsresten, dem schrumpeligen, verwaschenen Schriftzügen der Etiketten, die von Flaschen abgelöst auf der Strasse, dem Randstein oder dem Bürgersteig liegen. Wenn ich die Zettel auf einem Wanderweg zwischen Bach (*Ich hab'genug*) und Berghang finden würde, dann würde ich die Papiere aufheben, hineinlesen, würde Anfang und Ende des Gedichts irgendwie überfliegen, dass heisst, dass sich Reizworte aus dem Text verselbständigen, Signale aussenden, Neugier wecken oder nicht; der Zusammenhang, in dem die Worte organisiert sind, dunkel bleibt.

Die Zeilen gegen Ende des Gedichts: *Lasse mich Gott nicht sehen einen so schmerzvollen Tag*, die würde ich skeptisch sehen, sie könnten mich veranlassen, den Text genauer zu lesen, oder ihn abzulegen: Nach einem Platz in der Nähe zu suchen und die Zettel dort gut sichtbar mit einem Stein befestigen, ablegen, Textbaustein, wie schnell sich der Text entfernt, wie schnell ich mich vom Text entferne, wie soll ich da Freiheiten retten, zumindest Spielräume erwirtschaften, auch die Farben wahrnehmen? Was heisst das? Folgen zu kennen und damit eine andere Form der Unendlichkeit, von der sich der Kaiser bei seinem Treffen mit Fibonacci berichten liess. Der anonyme Verfasser fluchtet das alles auf eine Frau zu.

Aus der Höhe nach unten, vom Fenster in das Zimmer zurücktreten, das Fenster ist in einem Raum, der Raum gewinnt Dimension oder Inhalt, Fläche, kann er mehr als Fläche gewinnen? Ja, ich schwenke weg von mir als Augenpunktträger zu etwas, das die Augen herumträgt, das Raum hat um sich, nicht nur vor sich, kann es dies aber anders als Flächen, die auf dem Bildschirm erscheinen, sehen?

Ein Stein nimmt Raum gegenüber dem Ich, dem Etwas, ein. Das Ich sieht durch das Fenster einen Stein, nein: Hat etwas von Steinen gelesen, sieht die Steine vor sich durch das Fenster, nein, es weiss, dass die Steine auf den Gleisen vor dem Fenster liegen, will auf die Strasse, die Strecke zum Bahnhof, auf die Bahnstrecke, dann in die Höhe der Berge sputen, muss sich aber unterbrechen, wird unterbrochen, von etwas, das das Ich nicht springen lassen will, sondern erst vom Fenster in den Raum zurücktreten lassen muss, aufgrund von Schlüssen, die das Etwas erst ziehen muss: Was für ein Stein das ist, der Stein, auf dem das Sein die Knie schlägt? Ich kann die Konzentration nicht halten. Es schwingt etwas, lässt sich schwingen von diesem Steinsein nach Babel, zu den Bläsern auf dem Turm, den Tieren an den Ufern Lektionen geben. Hat der Dichter wie Walther von der Vogelweide auf einem Kreuzzug Dinge, Geräte, Blumen, Tiere gesehen, die es im Kaiserreich so nicht gab? Er wird zuvor Geschichten gehört haben, die im Reich kursierten, die Wunder, die Alexander der Grosse auf seinem Zug nach Indien gesehen hat, die waren unter Dichtern und Gelehrten bekannt, ebenso das Buch des Aristoteles über Steine, die Gewichte vergrössern und verkleinern, unsichtbar werden und Menschen in Städten verschwinden lassen. Längst, weit früher hatten die Bibel und Plinius das Terrain der Vorstellungen bestimmt. Tierlisten, Bestiarien waren etabliert. Der anonyme Verfasser kennt den Vogel Strauss, der sein Ei im Sand vergräbt und dann sich selbst überlässt, als ob es seiner Sorge nicht länger bedürfte.

Das gebundene Buch von Rader über Friedrich gehört mir nicht. Es würde unansehlich im Rucksack werden, ist ausserdem zu schwer, das Buch von Kantorowicz über die zwei Körper des Königs wäre interessant, aber das habe ich nicht. Auch die Gedichte von Friedrich und seinem Hof sind sperrig in einer Art Heft veröffentlicht, das ich knicken müsste. Dann würden die Gedichte quer gefaltet werden. Das würde ihre Anordnung auf dem brüchigen pressspanartigen Papier beeinträchtigen. Ich würde ihnen nicht gut begegnen können, ihnen die imperiale Aura im Rucksack nehmen und das wäre zu einfach. Vorerst. Das Langgedicht des anonymen Verfassers hat mittlerweile eine Qualität gewonnen, meine Auseinandersetzung hat dazu geführt. Das Gedicht hat begonnen zu klingen, auch wenn ich nur einzelne Sätze lese, *dann würde ich mit euch in diese Barke steigen.*

Mit den Gedichten, die Friedrich zugesprochen worden sind, ist es noch nicht soweit, vielleicht gelange ich bei der Übersetzung von ihnen nie so weit, auch wenn ich mir vorstellen kann, dass die Wendung *Blume aus Syrien* mich länger begleiten könnte, zumindest auf dem Weg zum Bahnhof, die Zollstrasse entlang. Silben werden nach dem Schema kurz-lang oder unbetont-betont aneinander gebunden, werden zu Elementen einer Rechenkunst, einer Zeitmessung, Algebra der Zählung, der Übersetzung beim Antrieb der Räder durch Ritzel. Verse messen Zeit, sind lang oder kurz.

Die Messungen zur Zeit des Dichters stehen quer in meine Gegenwart und deren Durchlässe der Zukunft. Ich möchte meine Zukunft modulieren, das unbestimmte Überleben zwischen Nachrichten. Die Zeitung, die ich lesen sollte, raubt Zeit zu denken oder zu schreiben oder Bücher zu lesen, um zu denken oder zu schreiben, keine Zeit für Gedichte, irgendwelche Silben abzugeben, irgendwelche Gedanken, die irgendwie klingen, irgendwas bei den anderen auslösen, aber so kann ich nicht zuversichtlich werden, dass das geht, das so zu sagen oder vorzudenken, zu denken auszuprobieren. In der Zeitung wird über Franz Beckenbauer geschrieben: *Wenn der Kaiser spricht, legen sogar die Engel die Harfen beiseite.* Ich möchte aber *in diese Barke* steigen, von der im Gedicht die Rede ist, gewinne den Eindruck, dass der Verfasser kaiserskeptisch war. Er definiert Bedingungen, die berücksichtigt werden sollen. Die angebetete Frau soll sie berücksichtigen.

Das ist doppelt befreiend gedacht: Einmal setzt er die Frau in eine Stellung, die Gott überbietet; dann stellt er ihr Bedingungen, die sie einhalten muss, wenn er nicht sterben soll. Sein Leben, sein Überleben definiert das Mass, mit dem beurteilt werden kann, ob die Frau, Göttin und damit auch Gott ethisch recht handelt. Der anonyme Dichter definiert, indem er unterscheidet. Er unterscheidet, was er erträgt, was er im Leben ertragen kann und was nicht. Er benennt, wie andere auf ihn wirken und was das für Folgen hat. Was mit dem Amt des Staatsoberhaupts vereinbar ist, das wird heute in Deutschland so entschieden, dass der Amtsinhaber grundsätzlich selbst entscheidet, wie er seine Repräsentations- und Integrationsaufgaben mit Leben erfüllt. Das hat in Deutschland das Verfassungsgericht entschieden.

Die Dichter am Hofe Friedrichs haben Aufgaben, bei deren Ausübung Friedrich ihnen vertraut. Wenn er misstrauisch wird, dann fallen sie in Ungnade, wie sein eigener Sohn und wie der Logothet, der Rechnungsführer Petrus Vinea. Über ihn, die anderen und ihre Dichtung entscheidet die Gunst des Kaisers. Ihr Spielraum, der Horizont, in dem sie über die Liebe dichten und die angebetete Herrin, ist definiert. Der anonyme Dichter kennt das, er schlägt einen anderen Ton an, wenn er mit der Herrin rechtet, ihr ein Mass vorgibt, das sie verwenden muss, wenn sie sich zu ihm verhält, sich ihm nähert und dann wieder von ihm entfernt. Er definiert das Feld, innerhalb dessen sie agiert und bewertet wird.

Vor dem Fenster schwebt die Raumstation, saugt uns in das alte Narrativ der Weltflucht hinein, das Friedrich verwendet hat, ja, das er mit seinem politischen Instinkt durchwirkt hat. Dieser Ahnung zum Trotz lesen wir begeistert, dass der Aufbruch zu den Sternen derzeit einen neuen Schub erhält auf den Volksbühnen. Du suchst auf einem anderen Stern, deine, meine, unsere Liebe; ich will dir folgen. Der Kaiser in der Leere sorgt für mich. Er schreibt mir, sendet Nachrichten durch das Fenster, eine Welt, die Welt des Kaisers, der sich dem Problem der Kontrolle des Bevölkerungswachstums stellt. Der Glaube an den technischen Fortschritt belebt immer wieder den Gedanken an einen Ersatzplaneten, der Suche nach ihm im Weltraum, nach einer lebenswerteren Erde, nachdem diese Erde unbelebbar geworden ist, gemacht worden ist.

Ein Weltraumschiff, Horngebilde von Ingenieuren, das über Jahrhunderte nach einem bewohnbaren Planeten im All sucht, muss eine stabile Besatzung haben. Das gilt auch für das Raumschiff Erde, überlegt man und misstraut, aufgrund der Erfahrungen auf der Erde, der Erfindungskraft der Bewohner, entzieht ihnen das Recht auf individuelle Selbstbestimmung bei einem Flug, der 1000 Jahre dauert, solange wie das Reich Friedrichs dauern sollte, aber nicht dauerte, wie ein Stein, Textbaustein, auf dem Walther wippt vor dem Kreuzzug, vor dem Singen, für das Singen, für das Lehen, Erbgut oder sonst etwas, das er sich ersungen hat, wobei er die Seiten wechselte, mal für Otto gegen den Papst sang, dann für Friedrich gegen Otto und nicht mehr gegen den Papst, später wieder gegen den Papst mit dem Willen Friedrichs sang oder nicht. Ein Stein, auf dem er sitzt in Handschriften auf Pergament, später auf Bütten oder Papier aus Rotationspressen, bleibt präsent, andere Steine verändern in den 1000 Jahren zwischen 1212 und 2012 ihre Lage nicht.

Meistens Züge vor dem Fenster, und dann die Autos, die in der Unterführung beschleunigen, und plötzlich Sprachfetzen, Schreie, sie gellen nachts am Wochenende, das am Donnerstag beginnt, immer früher setzt mit dem Wochenende Gegröle aus der Unterführung ein. Die Geräusche zu katalogisieren und als Ausgangsmaterial für sprachliche Erkundungen nutzen, so der Situation ein Schnippchen schlagen, anstatt sie zu ändern, das wäre einem Missverständnis förderlich. Es beruht auf der Fehleinschätzung, dass sprachliche Fassung auf sicheren Wegen der Erkenntnis präzisiert werden, fortschreiten kann. Arno Schmidt notierte, welche Worte ihm für den Mond in den Sinn kamen, die sich bei ihm einstellten, wenn er den Mond sah oder nicht sah, bei Neumond an ihn nur dachte, folgere ich. Dementsprechend könnte ich Worte sammeln, die durch den Lärm geweckt werden. Es wären dann Muster erkennbar, nach dem der Pegel oder die Tonfärbung wechselt je nachdem, welcher Wochentag ist, vor Festtagen oder wenn Fussball übertragen wird und Siege gefeiert werden.

Farben mit Pinsel und Wasser auf Papier aufzutragen und ihren Verlauf zu beobachten, ihn mit dem Pinsel zu lenken, eine Farbe zu einer anderen Farbe auf dem Papier mit dem Pinsel zu schieben und sich vermischen oder gegeneinander verkrusten zu lassen, das lenkt mich vom Lärm ab, leitet die Spannung in meinen

Körper ab. Ich, wie kommst du hinzu? Indem ich eine Umgebung schaffe, in der du dich zu mir gesellst, weil die Worte so klingen, die Farben, überhaupt alles so wird, dass sich etwas bildet.

Das ist eine Form der Anpassung, eine Strategie, sich den Verhältnissen anzuschmiegen, Opportunismus. Der ungenannte Dichter breitet Wissen aus, als ob er seinem Publikum einen Katalog vorstellt, aus dem die Zuhörer wählen können, so wurde von Gelehrten, die den Text analysierten, überlegt, also: Welchen Aspekt, welchen Vergleich der Dichter zu verfolgen hat, weil es dem Publikum gefällt, zu hören beliebt; etwas von den Einhörnern oder von der Pest oder aus der Medizin, das soll er ausgelegt und dann je nach Gunst des Publikums arrangiert haben. Bevor er das Einhorn erwähnt, beschreibt er einen Adler so, dass der Adler zum Massstab wird: *wie's der Adler mit dem Vogel macht, den er greift und er tut ihm nicht weh, sondern hält ihn [fest] am Herz.* So vorsichtig möchte bitte die Frau, die er im Gedicht anspricht, mit ihm verfahren.

Sie soll ein Adler sein, der vorsichtig ergreift und sie soll sich wie ein Einhorn zu einem Mädchen verhalten, so soll sie auch zu ihm sein. In der Analogie entspricht der Dame das Einhorn, und der liebende Dichter entspricht dem Mädchen. Der Dichter kehrt die Verhältnisse um, vermutlich hat er diese Wendungen, Kehren, Versionen in anderen Gedichten schon bemerkt und für sich adaptiert. Aber breitet er wie Bänkelsänger, ein *Joglar* oder *Giulare* vor einem Publikum zunächst ein Angebot aus, das er dann bedient? Singt er von Einhörnern, Basilisken, bemalten Schlangen, um dem Publikum sich anzubiedern, es wählen zu lassen wie bei einer Jukebox? Das entspricht jedoch nicht seiner wendungsreichen und doch zielführenden Argumentation. Ausserdem soll diese Jukebox-Praxis in Italien weniger verbreitet gewesen sein als in der Provence oder im deutschen Sprachraum. Überlegt haben Gelehrte dennoch, ob das Gedicht ein solcher Katalog war. Der Dichter weiss viel und spricht von bizarren

Verhalten und Monströsitäten, bindet das allerdings stets in eine Argumentation ein. Er listet nicht bloss auf, bietet an, sondern bindet ein, wenn er vom Pestkranken spricht, der den *Regenpfeifer vor sich her tragen lässt* und damit die Überlegung vorbereitet, dass die Liebe zu einer Frau, die nicht weiss, wie sie mit Blicken, mit ihrer Zuwendung schaden kann, der Pest gleicht. Die Liebe, die genarrt wird, so argumentiert er, führt zu einem Leiden, gegen das prestigereiche Wissenschaft nicht hilft: *Und die besten Ärzte der Schule von Salerno reichen nicht, genauer: [all] die besten [Ärzte] von Salerno in der Medizin.* Ich schrecke erneut auf, wundere mich, dass ich überhaupt aufschrecke. Rechts vom Fenster nach Süden, und links vom Fenster nach Westen, im Südwesten also ist das Gegröle erneut zu hören.

Südwesten ist auch die Richtung, aus der das Kreischen von bedrohten Frauen spätnachts zu hören ist. Es kommt selten direkt von unten hoch. Die Betreiber der Lokale an der Strasse haben ihre Gäste und die beschäftigten Frauen meistens wieder in ihrer Gewalt, bevor jemand aus diesem Haus oder den anderen Häusern die Polizei ruft. Keiner geht mehr hinunter, schon seit Jahren nicht mehr.

Kamel, Schmetterling, Hermelin

Das Fenster ist ein Feld, auf dem Züge rangieren, takten, gliedern, was ich wahrnehme. Die Koppelung der Wagons ist gesetzt, bestimmt durch die Statistik der Fahrgäste und die Logistik. Ich wechsle zur Übersetzung des Textes, in dem ein Kamel noch etwas Besonders war: Das Kamel geht zu Boden, um beladen oder abgeladen zu werden, *cammello.* Ich suche nach einer Wortstellung, um zu signalisieren, dass Kamele Transportvehikel waren, die das Entstehen des Islams mitbedingt haben. Der Islam war die Religion der Zivilisation. Friedrich, die Dichter damals, auch der anonyme Dichter, lernten sie als fortschrittlicher, wissender, technisch versierter als die eigene kennen. Beim Kamel denke ich an Zoo, beim Schmetterling an die Chaostheorie: Der Dichter vergleicht sich mit einem Schmetterling, der vom Licht, dem *chiarore* des Feuers angezogen wird und in der Flamme verbrennt. Das Bild geht auf Folquet de Marselha zurück. Das Lesen ist vom Übersetzen nicht zu trennen. Es geht stockend vor sich, reisst mich heraus und in einen Zusammenhang hinein, der sich mir nur Schritt für Schritt, Wort für Wort erschliesst. Gehe ich nicht bedächtig vor, werde ich wieder hinausgeworfen, weil ich nicht verstehe, keine Verbindung zwischen den einzelnen Teilen herstellen kann.

Jedes Wort kostet Zeit. Der Dichter hat sie gesetzt. Er spielt mit ihnen auf etwas an, das Studium, Hören, Sehen, Schreiben von anderen Texten, Liedern und Gesängen voraussetzt, die erst vom Ohr oder dem Auge auf das Papier, die Wachstafel, dann auf das Pergament gelangen, Zeichen kippen um in Programme, die wieder in Zeichen. In Andeer wird Felsen abgesprengt, früher wurde er abgeschlagen, abgesägt. Wir passieren das Wasserkraftwerk, wandern auf dem Dach einer Autobahn, gelangen zu einem Eisloch. Ein Herbarium mit den Pflanzen, die wir sehen und berühren, legen wir nicht an. In unserer Bibliothek ist kein Platz dafür. Die Enzyklopädie, die wir *second hand* gekauft haben, geben wir dem Brockenhaus zurück, sehen künftig nur noch im Internet nach, wenn wir etwas suchen, was wir nicht wissen, aber zumindest das Wort haben, das wir nicht verstehen. Wir geben keinen Platz dafür in der Wohnung, als ob wir uns schon auf einen Umzug vorbereiten.

Blinky Palermo taucht auf, ich bändige den Gedanken an ihn, weil ich fürchte, dass der Text weiter ausufert, dabei liegt Palermo in Sizilien, dem Erbland Friedrichs. Jede Zeile ist ein kleines Verhältnis, jede Setzung ein Slot, ein Ritual: Durchmengt Lärm, was immer er ist. Das war die Dimension heute. Zum elegischen Distichon notiere ich 12<18 und 10<15. Das muss ich allerdings nachsehen, ich verbinde damit nichts mehr, weiss auch nicht, wo ich diese Zahlen gelesen und warum ich sie notiert habe. Es könnte eine Anmerkung zum Text von Boethius gewesen sein, der Gedichte in unterschiedlichen Metren, Massen, Zeitmessungen in seine Argumentation eingefügt hat. Eventuell auch umgekehrt? Was weiss ich von Boethius, einem Staatsmann des 6. Jahrhunderts, auch Mathematiker, Philosoph und Dichter, der Texte von griechischen Philosophen ins Lateinische übersetzte und auch dichtete.

Dass er ein Staatsmann war, der auch Berater beim Bau von Sonnenuhren war, das habe ich gelesen. Ich weiss sogar noch wo, und zwar bei der Suche nach einem Band mit italienischen Gedichten in der Amerika Gedenkbibliothek am Halleschen Ufer in Berlin, als ich dort im Januar ausgestiegen bin, um das Buch zu suchen, das mich vor Jahrzehnten beim Studium in Berlin so begeistert hat, als es in der Wohnung hell und kühl war, die Sonne nach der Katastrophe von Tschernobyl schien und die Kastanienbäume blühten auf der Gneisenaustrasse, auf die ich nach dem Lesen hinausgeprescht bin mit dem neuen Fahrrad aus der Einzimmerwohnung, die möbliert war mit einem Tisch, den ich auf der Strasse gefunden habe. In der deutschen Übersetzung des *Trosts der Philosophie* von Boethius unterstreiche ich Worte mit einer Silbe, notiere sie, befestige sie auf eigenem Papier und denke, dass aus dieser Zeichensammlung, etwas wächst (zeit macht reich meer macht mut schiff trost pfad trost burg geld gold macht pfad schein schein mut zeit raum macht kunst schmerz schmerz qual trieb macht mond schein lied qual macht mond schein lied welt schmerz reich lied welt schmerz lei(ht)d macht raum lärm zeit trieb zwang ding hass qual schmerz macht nichts krieg macht reich macht arm los leid nichts).

Farben verlaufen, ich lass sie malen, Blinky Palermo folgen. Ein rotbrauner Balken markiert einen Fahnenmast. Rechts unterhalb des Balkens platziert er einen Kreis, vielleicht war es ein Dreieck, meine nun, dass es ein Dreieck gewesen sein könnte, das an einen steifgewordenen Wimpel erinnert, der neben einem Fahnenmast lagert. Den Strich deute ich als Balken, gleiche ihn einem Baum an, dem Baum, *der ob der zu grossen Last, sich spaltet und Blätter verliert [und Blüten] und Frucht (und dann vertrocknet bis zu den Wurzeln.* Ist es möglich, in der Seele ein Treibhaus, einen Kräutergarten anzulegen, so im *Glauben, Freude zu haben,* oder ein Arsenal gegen den Lärm der Grossbaustellen zu organisieren, gegen die Maschinen, das rhythmische Erschüttern der Ramme? Sie treibt Armierungen in die Bauflächen bei den Gleisen. In Rhythmen, für die noch Worte fehlen, taktet ein Presslufthammer.

Die Ramme arbeitet, der Presslufthammer setzt nach brachial ruckenden und plötzlich donnernden Bewegungen ein, die entstehen, wenn ein Container mit Asphaltbruchstücken bewegt wird. Die Metallrohre, mit denen provisorisch Aushublöcher gestützt werden, die klingen, wenn sie auf den Asphalt rollen nach den Zielen der Bauleitung. Eine Ordnung kann dem unterstellt werden. Das hilft, hilft das? Heraushören, was von der Anordnung abweicht, überflüssig laut ist und was nicht, das versuchen wir herauszuhören mit der Absicht, Hoffnung, das wir etwas ändern können. Abweichung von der intendierten legitimierten Absicht, das zu bestimmen, kann vielleicht gelernt werden wie das Schreiben, Hören, Aufführen von Musik, die sich dem in anderen Skalierungen annähert.

Nono verlieh Stimmen Klänge, deren Seelen durch Prügel und Folter vernichtet werden sollten. Die Seele der Inhaftierten wollten sie zerstören, … *da iss, friss doch, wenn du Hunger hast, du.* Sie wollten die Seele zum Wahnsinn treiben, in einem Aussenlager des KZ, nahe der kaiserlichen Werft, waren sie besonders perfide, überboten sich, machten sich mit besonderem Sadismus einen Namen im Hauptlager, zeigten einem Verhungernden Essen auf einem heissen Löffel, rissen ihm den Mund auf, zwängten den Löffel hinein, Dimensionen, denen Nono sein Gehör, sein wachsendes musikalisches Vermögen zuwendete. Er setzte Tonbänder, Rückkopplungen ein, nicht den Klang der Prügelstöcke, wenn sie der Seele herausschlagen, was nicht in ihr sein sollte, um zu funktionieren, zu sein, wie sie wollten, sie der Ordnung nach sein sollte oder nur ein Vorwand für Prügel, für Qual, Vernichtung war.

Das Innere muss sich den Veränderungen anpassen, wenn es überleben will, wie die Strassenkinder. Kann die Seele, die sich eingerichtet hat, in der Gemütlichkeit der vier Wände, der gemieteten und eingerichteten Wohnwelt, kann sie umgebildet werden? Rasch neu gespritzt werden, per email in eine andere Zeit versetzt, bis dann der Lärm doch wieder zu gross geworden ist und die *Dächer voller Gedanken* (Eich) auf sie einbrechen, die Hoffnung entweicht, mit Worten, Farben sich einstellen zu können auf die Welt, weil es doch nicht gelingt. Das Bild des Hermelins, der sich ergibt, das passt zu uns, die wir im Lärm bleiben, anstatt den Wohnort zu wechseln, umzuziehen: *in der Weissheit seines Fells, der lieber, als in den Schlamm auszuweichen, sich von Jägern ergreifen lässt.* Lebertran ist all das, was abgewertet werden soll, weil es eine Brücke bildet, ein Floss, auf das man sich in Gedanken rettet. Besser wäre, Rettung zu bieten, also ein

Floss zu bauen und eine Flossfahrt ohne Ziel wagen, ein Surfen auf den letzten bleibenden Balken. Ein Hermelin lässt sich fangen, wenn die Kabel unserer Windkrafträder mit Dioxyl (Orgelprophylaxe) gespreitet sind, dann Discogirls schwärmen um den Bach, und ein Kottopf wird im Internet ausgerufen wird: Mir mal dir mal schön, was blödklug bieten auf *ricardo.ch – Genau mein Ding,* mit was Weissem von *Tally WeiJL* Nagetiergedanken wecken.

Habe ein Formelbestiaire, 'ne Turing-Kutschenwerkstatt, in der skaliert Gleichstellungen erfasst werden, informiert wurden, weil es so in Büchern stand, die ihre Informationen aus anderen Büchern in anderen Sprachen hatten, die von Hand abgeschrieben und nicht immer korrekt übersetzt wurden aus dem Griechischen ins Arabische und dann ins Lateinische, Provenzalische, Italienische, Alt-Mittel-Hochdeutsche. Zwing mich hier zu Traditionen, habe keine Tuben, Zweige, nur Zweige von den Tannen dort hier in meiner Birne, in der Farben fehlen, klingen nicht, nur Worte, diebisch, *Lieb' mein schön,* dir entwendet, abgelauert, solche Worte halt ich hier und schreib sie jetzt, muss bei anderen Verse, Tücher leihen, meine Gedanken auszubreiten, meiner Seele Raum zu finden. Dann sehe ich mir mal Worte an, die heute Platz in Gedichten finden, die als Sonette gelten.

Herz

Vor dem Fenster wächst da etwas, bildet ein Verlangen? Ich ermogele eine Verbindung zwischen den Pflanzen auf dem Fensterbrett und dem Gedicht. Das Wort *Herz* fungiert als ein Scharnier. Es sperrt sich kaum, nimmt auf, was durch Satzzeichen oder das Wort *oder* getrennt wird. Die italienischen Schreibweisen *core* und *cuore*, die der Dichter für das Wort *Herz* verwendet, ziehen Verse nach sich, sie werden durch Vergleiche in Beziehungen eingespannt: *die Wimpern, braun und fein bogenförmig schiessen mir einen Pfeil in das Herz; der Mund, niedlich klein und gefärbt mit dem Rot einer Rose wie aus einem Garten, gefällig und liebreich zum Küssen*. Auf dem Fensterbrett vor dem Schreibtisch steht wieder die Kamelie. Sie kann sich nun erneut in das Licht auf der Höhe des vierten Stocks strecken, nachdem wir sie aus dem Keller nach oben getragen haben. Dort hat sie seit dem ersten Frost im Dezember gemeinsam mit dem Spross aus einem Zitronenkern auf einer Bank nahe dem Kellerfenster überwintert. Der Tunneleingang für die S-Bahnen, der aus dem vierten Stock gesehen werden kann, ist im Keller nur hörbar, nicht sichtbar, wenn die S-Bahnen in den Schacht hineinfahren oder ihn verlassen.

Wir leben mit dem Takt des Nah- und Fernverkehrs, der Dichter mit dem Gang der Himmelskörper. Was seinen Alltag taktete, ob er die unterschiedlichen Takte von Wochentagen und Feiertage kannte, teilt der Text nicht mit, auch nicht, wie er Feiertage vom Alltag unterscheidet. Dass der Sonntag einen Akzent setzte im Ablauf der Tage, lässt sich vermuten, aber nicht bestätigen, wenn er die Sonne gegenüber den anderen Planeten hervorhebt. Der Dichter bringt die Planeten in das Spiel, so als ob das Herz etwas Himmlisches ist. Himmlisch ist das Herz der geliebten Frau, das der Dichter gewinnen will, aber auch sein Herz hat überirdische Dimensionen.

Er vergleicht sich mit dem Lamm Jesus, dem er das Sternzeichen des Widders zuordnet. Er ist astronomisch geschult, nicht nur astrologisch, als ob er im Haus der Weisheit bei den Mathematikern gewesen wäre. So kennt er die Geräte und Masseinheiten, mit denen Himmelskörper beobachtet werden. Die Geräusche der S-Bahnen haben wir internalisiert, vermutlich haben sich unsere Körper daran gewöhnt, dass der Tag mit der ersten S-Bahn beginnt, die in den Tunnel einfährt oder ausfährt. Wir wissen das nicht genau, führen auch nicht Buch; können auch nicht sagen, wann genau der erste S-Bahnzug, der auf dem Gleis nahe unserem Haus über Nacht abgestellt wird, die erste Fahrt aufnimmt. Ähnlich ungenau ist das Wissen des Dichters, vermute ich, ich weiss das nicht, weil ich selbst nur ungefähr abschätzen kann, was er hätte wissen und in seinen sprachlichen Vergleichen hätte verwenden können.

Über den Magnetstein wussten arabische, chinesische Wissenschaftler seinerzeit mehr als das, was er mitteilt. Wir wissen darüber mehr, aber nicht genug. Atomkraftwerke müssen abgestellt werden, wenn Sonnenstürme auf das Magnetfeld der Erde einwirken, sagt man, weiss man oder frau aber wohl nicht so genau, wie man es wissen sollte, wenn man so etwas baut wie Atomkraftwerke, die auch die Züge, die bei uns vorbeifahren, mit Strom versorgen. Bisher haben wir darin kein Muster erkannt, wir schrecken auch nach 12 Jahren noch bei jedem Kreischen der Räder der Bahnen in den Gleisen auf. Es überrascht, überfällt uns nach wie vor. Wir hätten längst ausziehen sollen. Das wäre ein Umziehen, keine Flucht. Der Dichter denkt an eine nicht endende Flucht, stellt sie sich vor als Aufbruch in ein fernes Land: *Und wenn ich könnte eine kleine Barke haben so wie eine, die Merlin der valenten Frau von Avalon schenkte, dass ich ohne Ruder und ohne Segel fahren könnte, so gut über Land wie über Wasser.*

Die glänzenden glatten Blätter der Kamelie bilden einen strahlenden Schirm. Sie hat noch eine Knospe, die versteckt zwischen den Blättern aufgeht. Das ermutigt uns, in der Wohnung zu bleiben und nicht umzuziehen. Die Knospe hatte ich im Keller nicht bemerkt. Die grünen Blätter glänzten auch dort frisch im reduzierten Sonnenlicht. Sie hat dort fünf Knospen gebildet, die im Halbdunkel vor dem Kellerfenster aufgegangen sind. Einzelne Blätter sind angefressen. Die Idylle trügt wie die Hoffnung, etwas gegen den Lärm ausrichten zu können. Wir müssten unser Leben ändern, anders richten, nicht darauf setzen, dem Lärm durch Anpassung ein Schnippchen zu schlagen oder durch eine Lärmschutzbepflanzung. Der Dichter klagt die Geliebte an, er fordert eine angemessene Berücksichtigung seiner Liebe. Indirekt fordert er Liebe ein, erwartet, dass die Geliebte sich gemäss den Zeichen ihrer Zuneigung verhalten soll, oder sie soll andere Zeichen setzen. Er appelliert an ihr christliches Herz, an ein Herz, das grausam wie Gott seinen eingeborenen Sohn dem Tod preis gibt. Der Vergleich mit dem Pelikan ist drastisch:

Wenn ihr denn ein Herz sehr viel härter [als Diamant] habt, dann müsstet ihr [dennoch] mir gegenüber demütig werden wie der Pelikan bei seinem Jungen, der, nachdem er es im Zorn getötet, es mit Augen voll des Mitleids betrachtet und denkt und sieht, dass er Schlechtes getan hat, dass er sein Eigen zerstörte. Und das schmerzt ihn; und er verletzt darauf mit dem Schnabel seine eigne Brust so, dass sein Blut über das tote Junge fällt, und da ersteht es wieder auf vom Tod zum Leben erweckt.

Wir haben auch Lavendel gepflanzt. In der Lavendelgegend ist die höfische Dichtung entstanden, dank arabischer Einflüsse aus Spanien. Die Vorstellung, dass Liebe ein moralischer Wert ist, der Verse bewegt, der wurde dort ausgebildet. Vor dem Fenster vertrocknen die Reste eines Alpengartens, der Spross eines Zitronenkerns wächst hingegen stabil, winkt den Süden heran: Palermo.

Die angebetete Herrin ist ein Vehikel von Wertvorstellungen, das im Süden installiert wurde und von Friedrich dem Zweiten in seinem Reich verwendet wurde. Juristen im Dienst der Kanzlei, Mitarbeiter der Behörde des Kaisers waren geschult darin, Unterscheidungen zu treffen und Schlüsse daraus zu ziehen. Sie unterscheiden zwischen Neigung und Abweichung von der Neigung. Die Frau, Dame, Herrin, an die sie sich in ihren Gedichten wenden, ist geneigt und weicht dann von der Neigung ab. Die Verse stellen das fest und folgern daraus, dass der Dichter unglücklich liebt. Die Liebe wird zu einer Schlussfolgerung, die der Dichter reimend zieht. Die Sprache des Fühlens wird nach den Regeln der Logik geordnet. Eine Schlussfolgerung, die aus den Gedichten der Dichter-Juristen gezogen werden kann, ist, dass die Dichter die Liebe lieben, nicht die Dame, die sie besingen. Das ist ein Schlüssel, um über Lärm und Fluchtsucht nachzudenken. Die nicht erreichbare Dame stabilisiert ein Verhältnis zwischen nah und fern, das um seiner selbst willen besungen wird, oder weil es die Macht des Kaisers gegenüber der Macht der Kirche ausbaut. Dass dem Kaiser alles Land gehört, dass er über allen Grund verfügen muss, kann ich nicht, will ich aber verstehen, auch das mit der Ferne, das etwas um der Ferne willen geliebt wird, ist für mich so nicht fassbar.

Die Hofbeamten installieren und instrumentalisieren die nicht erwiderte Liebe als Vehikel, das die Seelen an etwas Fernes, Unnahbares bindet, an etwas, das wie der christliche Glaube verpflichtet, aber von ihm abgekoppelt wird. Der anonyme Dichter hingegen mobilisiert den christlichen Glauben, er bedient sich der Narrationen von Kreuzigung und Wiederauferstehung, um vom Verrat zu sprechen, um die Geliebte als Verräterin anzuklagen:

Und es wird ein Verrat derart grausam sein, dass sich daran der Himmel spaltet, die Sterne fallen und es verdunkelt die Sonne … und das Herz aller Leute wird entflammt und nimmt Rache an so grosser Qual. Dass kann ich schwören ohne zu lügen …

Ich muss die Übersetzung mit einer Person vom Fach besprechen, fragen nach der Schule von Salerno und dem Zweifel des heiligen Thomas. Musiker, Künstler, Ärzte raten uns, die Wohnung schnellstens zu wechseln. Das Grün graut, eingetrübt ist die Aussicht, der Tuschkasten verspricht keine Abwechslung. Loswandern, Aufbrechen, Zurückkehren in die Wohnung, es dort schön aushalten, das ist unsere Stimmung an Tagen, wenn die Luft noch nicht vom Verkehr verbraucht ist, das Ozon noch nicht beisst, Krähen über den Gleisen fliegen, der Milan ungestört keist. Dann hoffe ich in der Sprache, den Worten, die ich setze, spreche, setze auf ein Papier, fein ordentlich, jede Tilde auszeichnend, zu finden, was ich suche, eine Heimat oder eine Bewegung, in der ich mich zurecht finde. Ich muss Andres fragen, wie er über Schutz vor diesem Lärm denkt. Er hat Politikern vorgeschlagen, Inseln, Zonen der Ruhe im Stadtraum zu entwickeln. Den Bau von Lärmschutzwänden betrachtet er als Irrsinn. Trompeten hilft allerdings nicht, so wenig wie geigen, wenn Rom brennt, geplante, konzertierte Aktionen dank der Kenntnis von Hydraulik, der Verteilung von Wasser oder akustischer Wellenlehre schon. Friedrich der Zweite wird noch heute als Figur gedacht, als Gedankenfigur der Ordnung. Einer Vorstellung nach soll er im Ätna auf seine Zeit, die kommende Zeit warten und Europa richten.

Merlin

Ich sitze vor dem Fenster, mit mir ist nichts los, könnte schlafen, essen, ins Kino gehen, beobachten, wie hartnäckig der Vers ist, ob er auch während des Films bemerkbar wird, in der Pause oder auf dem Weg zurück in die Wohnung. Der Vers hat sich festgesetzt: *Lieb' mein schön*. Ich folge dem Schaukeln der Laute, dem *lie, mei, schö*. Wenn ich nichts erlebe, woher kommt dann dieser Rhythmus? Führt *Lieb' mein schön* ihn mit sich? Lieb ist mir der Vers und auch suspekt, weil ich ihn nicht genau übersetzt habe. *Lieb' mein' schön', schön meine Liebe*. Kann sich beschweren, wer unglücklich liebt? Der Verfasser erwähnt *Nadriano e Caedino*.

Wir sind keine Passanten, die sich beim Vorbeigehen wundern, dass vor dem Eingang Flaschen, Erbrochenes und in dem Erbrochenen ein Zahn liegt, auch das Ohr, das sauber merkwürdigerweise nicht blutende Ohr im Film, das hat uns früher nicht beschäftigt, auch wenn es auffiel. Gern wären wir zu Hause geblieben, hätten den Mond einfach betrachtet: den Vollmond zu Ostern. Er scheint abends in das Küchenfenster, durch das morgens die Amsel zu hören ist. Die erste Amsel am Morgen, ja, wir nehmen uns die Zeit, der Amsel zuzuhören, bevor wir an die Computer gehen und Mails checken. Am Abend lassen wir den Mond zuhause allein scheinen, gehen selbstbestimmt fort und sehen uns einen Film an. Bei der Rückkehr denken wir nicht mehr an das Erbrochene, das freitags, samstags oder auch sonst, auf der Schwelle der Haustür liegt. Zähne, Ohren habe ich darin bisher noch nicht ausgemacht, sehe lieber weg und denke an den Film, in dem ein Ohr auf dem Rasen liegt.

Nadrian ist eine Figur in einem verlorenen Text. Er starb infolge einer Liebe zur Königin von Frankreich, die er nicht bekannte. Das steht im Kommentar zu dem Langgedicht des anonymen Autors. Dort ist auch zu lesen, das Kaedin, der Bruder Isolde

Weisshands, unsterblich verliebt war in Isolde die Blonde. Das könnte ich genauer bei Debenedetti in einem Text aus dem Jahr 1927 nachlesen, schreibt der Kommentar. Im *Artus-Lexikon* trägt Kaedin den Beinamen *der Elende.* Dort begeht er Ehebruch mit *Kassie, der Gattin Nampotanis.* Der Kommentar zum Langgedicht ist leichter als die kommentierte Stelle zu übersetzen. Die Bücher, die im Kommentar erwähnt werden, zu suchen und zu lesen, das erfordert Expertise, Kennerschaft des Kontexts des Langgedichts und ist auf andere Weise zeitintensiv. Das nachvollziehende Lesen, das Verstehen eines Textes ist etwas anderes, als ihn zu erforschen, dabei einen verlorenen Text zu bemerken und zu erwähnen, etwas Drittes dann, das Gedicht in eine vertraute Sprache zu übersetzen, ein Viertes, noch etwas anderes, die Kommentare der Forschung zu übersetzen.

Wenn wir erneut aufbrechen, gehen, wandern, sind wir zwar zusammen, verbringen Zeit, finden auf dem Weg zueinander als Paar, aber das heisst nicht als Liebende im Verständnis der Liebeslyrik. Was wird aus mir, wenn du nicht da bist? Vielleicht hatte der anonyme Dichter so wenig Liebeskummer wie ich jetzt, wenn du da bist? Narziss würde sich von seinem Spiegelbild abwenden, wenn er die Dame ansehen könnte, die der Dichter verehrt, so verehrt, dass er für sie morden würde wie die Gemeinschaft der Assasinen für den Alten vom Berge mordet. Auch denkt er daran, dass die von ihm Geliebte dem Wunder der Auferstehung misstraut wie der Apostel Thomas, der nach einem Beweis sucht, als ihm der auferstandene Christus gegenüber tritt. Die Liebe des Dichters ist ein Wunder, das prophezeit worden ist, so wie wir uns darin bestätigen, dass wir auf dem Weg sind, dem Weg eines gemeinsamen Lebens. Was möchte ich dann mit Zeilen über das Gleismeer erreichen? Die Liebe ist für den Dichter und auch für mich eine Übersetzung, ein Gefährt für den Wechsel von nah und fern, ein Weise, die Sicht auf nah und fern zu verändern, sich eine eigene Weise zu schaffen, eine Art *Passenger TV.*

Was machen wir mit den Bewegungen, die von seinem Text ausgehen? Wir senden und empfangen. Nicht von aussen kommen die Regungen, sondern von innen, von meiner Übersetzungssucht, den Gedanken an Reisen, die zu Reisen führen oder nicht, von Stille, nicht ausserhalb von uns hörbar. Verworfen werden die Wege durch die Schweiz, stattdessen wird Fernost angepeilt: Windjammer, Teerennen und Unfälle beim Walfang in der Japanischen See flackern nun zwischen uns, spannen ein Gefährt auf, mit dem wir turnen, stürmen in den Lüften, ich komme darauf, weil der Dichter den weisen Dädalus erwähnt, das können wir nachvollziehen, dass jemand sich wunderbar Flügel baute, das haben wir oft gesehen, irgendwo werden wir auch ein Bild von Tristan und Isolde gesehen haben, das auch einen Becher oder einen Krug zeigt; gekostet haben wir allerdings noch nicht ein Getränk, das den Willen verändert, doch natürlich, wer trinkt denn nicht, wer hat denn noch nicht Pillen genommen oder wurde in eine Narkose versetzt? Das können wir heute als Wechsel von einem Aggregatzustand in einen anderen verstehen, von der Erde in die Luft, nüchtern oder benommen, bewusst oder bewusstlos; dass uns allerdings eine Person wie die Jungfrau *Laida* erscheint, die von jedem geliebt wird, der sie sieht, das ist uns neu, auch wenn wir an die Industrie denken, die Madonna und Helene Fischer vermarktet.

Zieh die Lappen, Kotten hoch singt der Shantychor in Wilhelmshaven und erinnert an die Windjammer mit ihren Masten und dem Segeltuch aus gewebten Baumwollstoffen, dreieckig, rechteckig wie Flachbildschirme, grösser als diese, aber kleiner als die Riesenleinwand, die im Sommer 2014 gegenüber unserer Wohnung aufgebaut worden ist. Polarsternsony bietet ein überhimmlisches Blau in der Horizontalen zwischen Erde und Himmel, den der Dichter wahrscheinlich als Kugel dachte, auf der sich Planeten mit den Namen von Göttern bewegten, die wir noch heute kennen: Saturn, Jupiter, Mars, Merkur, Venus.

Ich steuere auf einen Zustand zu, indem ich Zeichen in diesem Text wirken lasse, schreibe auf, nutze dabei die Chancen der Zeilenumbrüche, rücke von links nach rechts, dann eine Zeile tiefer: Lasse einen Stab probeweise in die Luke fallen, stanze Gedanken von unseren Wanderbewegungen in das Quadrat des Bildschirms, spanne mit Notizen Murmelsegel zum Trocknen auf, hoffe, die Fetzen einmal verwenden zu können. Ich werde aus den notierten Worten Segel nähen, sie sammeln und sie dann wieder vom Wind in die Welt wehen lassen. Dann nehmen sie uns vielleicht mit. Zwischen Masten, Wanten und Seilen richte ich bewegliche Gitter für den Atem ein, schick ihn auf Erkundung zwischen Thusis und Chiavenna.

Die Zeitraumfasern, wenn die nicht ständig beobachtet werden, oder im Gegenteil, wenn sie ineinander schwingen oder wenn ich zulasse, dass der Text und ich und du in diesem Text über sie hinweg hüpfen, diese Faser oder diese andere Faser eben, müssen wahrgenommen werden, ausgebildet sein, damit ich du er sie es darüber hinweg können in der Bewegung des Textes, entweder räume ich ihnen oder uns Zeitraum ein oder ich schaffe Platz für uns auf einem der Fuhrwerke der Einsilberei. Ein Blick zum Mond richtet auf, zerbricht Zwang, Zeit, Qual. Was schreit im Gleismeer? Braucht jemand etwas? Ist nur ein Laut, Fahrgerät, das zum Ohr drängt. Muss ich die Fasern trennen oder kann ich Gewöll zulassen?

Wenigstens weiterarbeiten will ich, an den Wahrnehmungen am Fenster des Zimmers, der Klause in der Wohnung, in der Datei, in der wir stecken. Ob das ein Leben ist? Ob das Leben genannt wird? Klar, dass wir das unser Leben nennen, auch wenn wir einen anderen Blick annehmen können, wenn wir etwas gelesen, gesehen haben im Kino oder ein Stück im Radio unverhofft hören, das uns ergreift und wir fragen, warum uns das ergreift, was da in uns zu dem Lied passt, so damit übereinstimmt, dass etwas in uns erklingt. Ein Gewitter ist diese Musik, danach sehen wir das Leben, unser Leben anders, entdecken, was zu dieser Stimmung passt und was nicht, scheiden aus, sieben es wie durch ein Gitter, weil ein Lied aufgezogen ist, über uns schwebt, in uns hineindringt und etwas von einem anderen Leben mitteilt, das wir spüren und wir dann unser Leben befragen, unterscheiden, durch ein Gitter sehen.

Mechaniken, Mechanismen werden plausibel, amabel, akzeptabel, die zumindest einsehbar sind. Anlautkoppelung, mmh, mimmim, Endreimleim oder Binnenklangkitt, eine Toolbox mit mindestens erst einmal drei Elementen. Bereit liegt der Kaiserkram, von dem schon die Redeschreibe ging, auch wenn der Text nahelegt, dass er in der ersten Ecke liegen sollte. Unklar ist der Kram, da jede Menge Silben bei ihm sind, die nicht schlicht kaiserlich geordnet sind. Methoden, allerdings, um etwas zu machen, Wegweiser, die jedoch für die Zeitstrecke zwischen Wohnung und Bahnhof ungeeignet, zu weltfern sind. In der zweiten Ecke sind Schubkräfte dramatisch, lyrisch zu erwarten, als zwei Streben, je nach Ausrüstungsstand modern, gegenwartsbezogen. Und das dritte Element bildet das bitterliebe Meer, verbunden mit den Strecken, auf denen es präsent ist. Das heikle Flexen um die Seele verlötet sich mit Wegen, auf denen ein Rhythmus gefunden werden kann; die Nachvollziehbarkeit erdet die Rhythmen auf einer Strecke, verhakt sie mit Tritten, Stöcken, Rädern. Der Rhythmus setzt sich davon ab, zwirbelt die Gummierung der Sohlen auf den Wegen, das Kreischen der Räder auf den Gleisen, übernimmt etwas aus den Versen anderer, die dichten, hat etwas gefunden, lässt es zum Rhythmus, zum eigenen werden passend zu den Beinen, Schuhen, Stöcken, die wir von anderen haben, auch wenn sie uns gehören. Aus den Elementen, Ecken, Kanten wird in der Bewegung des Textes das Gitter – wo ist dann die vierte Ecke ? – oder das Raster auf dem Deck, das einen Blick in den Schiffsinnenraum gewährt, die Rudersklaven dort, die Vorräte und Last, Figuren, die ihre Münder wie im *Schiff des Theseus* vernähen, das Leibniz mit dem belebten Körper vergleicht, Ladeluke, Luftzufuhr, muss bei Seegang verschlossen werden, der Lärm über die Treppe, über das Schiff verteilt, in Beibooten abgelegt werden.

Der Dichter erwähnt den Arm des *Saufi,* der das bekannte Meer vom unbekannten trennt, ebenso thematisiert er Grenzen des Sprechens und Singens, die allerdings nicht überschritten werden können durch die Kunst von *Orpheus* oder *Cicero.* Was sie nicht *Wort für Wort* berichten können, das kann auch niemand sonst. Wen *die Allerbesten der Medizin Salernos* nicht heilen können, der kann nicht geheilt werden. Denkbar sind für den Dichter allerdings besondere, wundersame Fähigkeiten. So kennt er ein kleines Boot, das *zu Land und zu Wasser* fährt. *Merlin* soll es *der Dame von Avalon* zur Verfügung gestellt haben. Dass Merlin als Zauberer bekannt ist, das konnte der Dichter voraussetzen. Ob der Zauberer Kompetenzen eines Ingenieurs, Technikers wie *Dädalus* hatte und ob dieser Unterschied nur aus heutiger Sicht besteht, das kann recherchiert werden. Dabei setze ich voraus, dass gesicherte Kenntnis darüber existiert oder möglich ist, als ob die Kenntnis ein Zustand ist, der wie ein Buch oder Stein in einem Regal oder ein Objekt in einem *Ikea*-Regal oder ein *Ikea*-Regal, *Billy* in einem Karton, in einem Regal im Lager von *Ikea* gesucht oder bestellt und sachgemäss zusammengesetzt und installiert werden kann. Liegt irgendwo ein Wissensobjekt, das Unterschiede und Gemeinsamkeiten von *Dädalus* und *Merlin* festhält? Bestimmt hat jemand dazu gearbeitet, es gilt, das Regal kennen, in dem das Wissen abgelegt ist und auch die Anleitung zu finden, mit der das Wissen aus dem Karton genommen und zusammengesetzt werden kann. Wenn ich es denn in einem Regal ausfindig machen könnte, wenn es denn bekannt wäre.

Wie gut es im Gleisbereich biotopt, grundiert, schimmert durch Zäune, nicht bequem erreichbar für die Nachtleute und das Erbrochene der Überglühten am Partyfeuer, die wieder in der Sonne chillen, wenn wir schon grillen oder wandern im Purzelbaumland der Selbstkontrollen, die vom Personal, *ja, merci vielmal* selektiv überprüft werden, ob sie ausgeübt wird, die Selbstkontrolle. Ich tendiere zu dir und ich weiche ab: *Hallo Mr. Möglichkeit,* Wumm aus dem Einsilben-Dunkel hin zu etwas Sprühfarbenem im Grünlicht. Es gibt Punktgewinn in Sachen Lebensfreude, die qualitätslos gut, wohlfeil unendlich sich zu bemerken gibt, auch wenn die Belobigten Hartes auf Kirchbänken anstimmen, sinnentleer sind dort, wo das Vakuum als Gedankenschrott um die Erde kreisend die Putzkolonnen der Satellitenstädte foppt. Die Bestimmung der Koordinaten wird demnächst als Promotionsthema in der Lifestylegruppe vergeben, wenn der Antrag durchkommt, Nasaputin, Struth, Kiefer und alle wichtigen Chinesen müssen zwar zustimmen, ist aber kein Problem, wenn die Nietzschegaulbande die Königsberge Europas bei Splügen nicht im falschen protokollarischen Moment anreitet, was später zu lesen sein wird, nach, vor und wärts und zwei und wo noch der Halt für das Ich und Du und Wir und Ihr, die Armen der nicht-westlichen-östlichen Welt, der es auch nicht mehr so gut geht, seitdem die Fernländer auf Helgoland hocken und James Krüss die Hummerbude abkaufen.

Hummer sind rot, die Augen des *Basilisken* sprühen Gift, der Drache *Jaspis* hat kein Gehör, jedenfalls nicht für Zauberer, Opfer können wie *Phönix* aus der Asche wieder ins Leben treten, oder sie entflammen sich *wie jener Baum, der trägt den Namen Rhamnus, der Feuer aus seinen Nadeln lässt sprühen und der sich selbst auf diese Weise verbrennt.* Nun konstruiere ich, ordne den Fabelwesen bunte Farben, Eigenschaften wie dem Hummer zu. Merlin schimmert rotbräunlich, grün wie ein Drache, während Dädalus weisse Flügel trägt, wie ein Engel auf den Bildern, Engel in weissen beunruhigenden fleckenlosen Gewändern und eben nicht mehr farbige Flügelwesen, Hippokentauren mit Adlerschwingen, sondern geglättet und eingegliedert in die Gerichte der christlichen Seelenführung. Ein Gericht ruft der Dichter an, appelliert an das Gericht, an die Ordnung, die dieses Gericht vertritt, stellt Forderungen an die Dame, die er besingt. Er klagt sie an, beschuldigt sie, Verrat zu begehen, droht ihr mit einer Namensstrafe, will sie *„Judas"* nennen, *„vergleichbar mit dem Judas, dem Juden, der durch seinen Kuss verriet Jesus Christus"*, weil die Zeichen, die er von der Dame wahrnimmt, zweideutig sind, weil sie wechseln zwischen Zuneigung und Abweisung.

Ich erfühle mir vergeblich einen Mund, der sich bemüht, einen Stern zu fressen, kann mich aber nicht öffnen, mich als Mund nicht fassen, weil ich noch Literatur empfehlen muss, will zwar nicht strahlen, wie die Sonne als *Quelle des Lichts*, aber schon genau sein, zumindest exakt bestimmen, was das Wissen des Einen über die anderen Texte war und was mein Wissen ist. Oder soll ich jedem Versuch ausweichen, jeder Fixierung ein Schnippchen schlagen, umkehren, wenden? Der Dichter wendet die Argumentation, indem er den Fokus wechselt vom Subjekt der Handlung auf das Objekt der Handlung. So kann er Geschlechtszuschreibungen ändern: wie die Dame mit dem Dichter so das Einhorn mit dem Mädchen, allerdings auch anders, weil ein anderes Verb das Verhältnis zwischen Einhorn und Mädchen anders regiert als das Verb, das das Verhältnis zwischen Dame und Dichter bestimmt, einem dichtenden Wesen, das anonym blieb, und es changiert zwischen Empfangen und Geben, Senden, Dichterin und Dichter.

Das Wie und das Jetzt möchte meine Seele, mein Herz für dich finden zwischen Lärm und Ruhe, Weg und Platz am Tisch. Ist Übersetzung ein Zustandswechsel, ist er das? Eine Vermischung, Verzahnung, ein Gemogel statt *Lancialotto* einfach *Lancelot* zu schreiben, oder *Pelùs Peleus* nennen. *Lärm* ist einsilbig, *Held* einsilbig, *Heldin* zweisilbig, die Namen der Helden und Heldinnen mehrsilbig wie das Wort *Maschine*.

Pythagoras und seine Anhänger rekapitulieren beim Erwachen die Begegnungen des vorigen Tages der Reihe nach vom Aufstehen bis zur Nachtruhe. Dabei werden die Begegnungen, der Austausch zu einem Gegenstand, zu etwas Fixierbarem, das abgerufen werden kann wie der Bestand in einem listenmässig erschlossenen Lager. Sie singen, denn Lieder temperieren Stimmungen und Wutausbrüche. Wilhelm der Zweite sollte mit dieser Methode besänftigt werden. Georg Ernst Hinzpeter verschreibt dem Kronprinzen 19 Wochenstunden in Griechisch und Latein, setzt im Kasseler *Lyceum Fridericianum* den Thronsohn in Konkurrenz mit Schülern aus bürgerlichen Familien. Er wehrte sich dementsprechend, sobald er konnte, gegen die verordnete antike, humanistische Bildung. Friedrich der Zweite nutzte sie, entfaltete die Macht der Logik, Beobachtungen der Natur zu ordnen.

Sing mir mit Hochdruck die schnellste kostengünstigste Verbindung zwischen den anderen Sprachen und meiner, als ob die Sprachen Ortschaften mit Bahnanschluss sind und dazwischen ein Transfer bestellt werden kann, der bloss Distanzen zwischen zwei Speicherplätzen überbrückt.

Gesang

Das Zimmer platzt mit mir demnächst, verteilt mich. Durch die Fenster, den Druck auf die Gläser, den Rahmen und die unwahrscheinlichen Ritzen der Doppelgläser dringt Lärm ein, und auch in die Fundamente und die Mauern, Zwischendecken und Fussböden und Wände im Tütenzimmer; die Fenster in den Mauern schwingen mit, rühren sich ständig im Takt der Zuggeräusche, wenn es denn Musik wäre, die sie auslösen, die Erschütterungen, die Schwingungen der Züge, die über die Gleise sich im Baugrund fortsetzen und unsere Fundamente umtosen, die zu Masten werden, Strommasten, zwischen denen die Lärmtüten zetern. Ein Tüte ist kein Segel. Segel reissen bei Sturm, Tüten platzen.

Wer sich mit Lärm beschäftigt, muss den Raum definieren, in dem Lärm untersucht werden soll. Hinsehen, was den Lärm aufnimmt, welche Gläser im Regal schwanken, oder fühlen, die Hände auf die Wände, Fenster oder Holzfussböden legen. Klangräume zersplittern in einzelne Schwungfelder, die von Gegenständen aufgespannt werden, in denen sich die Schwingungen einnisten. Lärm messe ich mit der Schlaflosigkeit, den Sekunden, die vergehen, bis ich mich rege, weil ein Fenster offen steht. Das Ziel kann doch nicht sein, den Lärm schlicht unter den Messwert, die eine Minute, zu drücken, die ich aushalte, wenn ein Fenster in der Wohnung geöffnet ist. Lärm ist relational, vom Zusammenklang der Materialien im Raum abhängig. Also müssten wir unsere Wohnung anders einrichten. Das wird teuer, nicht so teuer wie ein Umzug, eine neue Wohnung oder doch, *a simiglianza de la serenella?* Wer hört das Kreischen der Räder in den Schienen beim Gang neben den Gleisen, *Gesang, der mich tödlich bezwang*?

Das kann ich hier nicht so hinsetzen, einfach kopieren aus der Übersetzung. Die Geräusche des Zugverkehrs bilden kein Lied. In Ordnung: Die Züge fahren nach einem Fahrplan, sie sind getaktet. Aber das ergibt noch keine musikalische Anordnung. Und das Kreischen der Räder in den Gleisen, darüber weiss ich nichts. Ist das berechenbar, vorhersehhörbar? Lärmpegel, Tieftonfelder, Lautstärkepegel, nachfolgende Wellenfelder kommen hier zusammen, wirken unterirdisch, oberirdisch und aus der Luft ein. Rauschen, Sirren, Dröhnen, Brummen nenne ich das nun, habe das von Andres abgehört.

Andres spricht von den enormen Tieftonfeldern der Lastwagen, Stakkatorhythmen der Strassenbahnräder, die trommelnd Wirbel bilden, Hörräume teilen, mit Geräuschfahnen treffen, die elektrisch metallisch fetzen, kein Platz für Grillen oder Klänge, die ein Dorf vor nahenden Tigern, Bären, reissenden kriegerischen Wesen warnen, wenn sie verstummen, die Grillen, dann ist etwas unhörbar los, wird wahrnehmbar, weil die Grillen plötzlich nicht mehr zu hören sind. Still wird es auf den Gleisen auch. Wir wundern uns, manchmal gegen acht darüber, auch schon mittags gegen zwei. Später höre ich von Ole, dass diese Stille auf betriebliche Puffer zurückzuführen ist, die um die Stosszeiten gebildet werden und die Anschlüsse zwischen den Zügen sichern:

... so ähnlich dem Lied der Sirenen er ist,
die Tod dem Seemann bringen mit Schöngesang.
... so wie der Seemann in den Hafen gelangt,
sich leiten lassend vom Stern der Dämmerung ...

Wir haben etwas in den Archiven für alle solche Fälle, holen den Dürerohnmachtssack aus dem Impftief, schocken die Locke mit Berlinbartresenschutz, fluchen dem Menschenraubscheiss, Zwangsprostitution und den Obdachlosen, die in Bogota als Sklaven gehalten werden, Löwen und Krokodilen dem Frass vorgeworfen wurden in einem Verliess von organisierten Verbrechern nahe dem Präsidentenpalast, beruhigen uns rühreigeleitet bei einem kontinentalen Breakfast.

Dann erschrecken wir gleich wieder über den Verlauf der Schutzzone, der Küste, die Europa umgibt, aber nicht mehr als Traum funktioniert, die Körner im Goldrauschsuchsäckli auf den Klapptischlein unseres Ferienfliegers lassen wir verschlossen, weil wir aus Angst vor Flüchtlingen und Terror nicht mehr fliegen, nicht einmal in Europa. Bleibt das Freiraumlauern des Restzeitdichters. Seine Silbenfolgen sind: Schreck die Quappen in der Silbenschüssel auf, ledige Geräusche, transzendental schlackern die Lotten der lyrischen Mechanik. Ihm bieten wir Zeilen aus dem *Mare amoroso* als Sortierhilfe: *Wer lieben will, dem geziemt es zu zittern, [zu bibbern, zu rufen] wie der Seemann im bitteren Meer.* In der Resttristanzeit ist es heutzutage nicht nötig, zu lieben, zu leiden, um zu dichten. Das ist eine Meinung, die betont, dass Tristan selbst eher am Abend sang, um Marke zu unterhalten oder in der Kristallgrotte mit Isolde, als er glücklich liebte. Lassen wir diese Meinung stehen und setzen uns vor der Grenze, der wir uns nähern können sollten, nieder.

Es ist verlockend, Figuren zu suchen oder auf krasse Szenen zu setzen, die ein Dickicht von Assoziationen oder starken Irritationen garantieren; die Figur des Jongleur-Bänkelsänger, der zeitweilig versklavt gewesen sein könnte, führt zu *schönem Gesang, der* ihn *tödlich bezwang,* so beschreibt er die Laute der Sirenen, gegen die Wachs hilft. Odysseus setzte sich dem Gesang aus, nachdem er sich an den Mast fesseln liess. Dichtung und Musik versuchen, diesen Gesang zu komponieren, um die Erfahrung des Odysseus nachzuvollziehen, gequält zu werden von der Lust am Klang. Kafka vermutet, dass Odysseus nichts gehört haben könnte.

Das Nichts wird als Verführung denkbar, ich unterliege ihr, wenn ich wünsche, einmal nichts zu hören, von einem Nullpunkt des Geräuschpegels auszugehen, dem ich wie in einer Fotomontage, Klänge zufüge, die mir genehm sind, so beruhigend, am Desktop eine Wunschwelt konstruieren, die wuchert und mich zu einem Gebilde werden lässt, das zur Umgebung nichts zu sagen weiss, verblüfft zur Kenntnis nimmt, dass zwei Partyleute auf dem Gehsteig an der Wand der Ambossrampe am Sonntagvormittag Sex haben: Auf dem Weg zum Bahnhof sehe ich einen Mann und eine Frau an der Wand der Ambossbar. Er steht dicht an ihr und sie drückt ihn von sich weg, als ich näherkomme, er zieht seinen Penis ein und sie sieht ihn an und sagt: *Du bist aber drauf heute.* Und wir haben Bücher dabei, Kommunikationsgeräte und Gedanken an Häuser, die zu bauen wären. Da, die Bewegungen, nein, die Geräusche von den Bewegungen der Züge, warum sollten die mit dem zu tun haben, was auf dem Schreibtisch liegt oder was im Kopf ist, wie Kaiser Friedrich und Kaiser Wilhelm, die beide in Jerusalem waren. Der eine wollte, der andere musste dort sein. Die Züge fahren nicht direkt hin, auch nicht nach Rom oder Santiago, jedenfalls für uns nicht, die keine Sonderzüge in Bewegung setzen können. Nach Moskau oder Istanbul fliegt man besser oder fährt mit dem Bus. Nach Jerusalem fliegt man heute. Dort suchte Wilhelm seine Erfüllung, wollte sich als Kaiser aller Protestanten feiern lassen und Berlin mit Byzanz und Babel verbinden. Bei jedem Bauabschnitt der Bagdad-Bahn schickte der Kaiser ein Telegramm. Ich will und sage damit etwas, das so nicht geht, weil es mir fremd wird, ich will es zu einem eigenen Rhythmus schaffen:

... so ähnlich dem Lied der Sirenen er ist,
die Tod dem Seemann bringen mit Schöngesang.
... so wie der Seemann in den Hafen gelangt,
sich leiten lassend vom Stern der Dämmerung ...

Silben messen Zeiten wertend auf, Zahlarten verkommen abbrechend, bist du periodisch so nicht wegen der Mens, doch wegen *mens, tis f.*? Was taktet dein Erscheinen, die Häufung des du? Regelt dein Erscheinen, die Nennung des *du*, die Aufschrift des *du* oder *Du*, den Druck dieser Buchstaben, das Auftauchen der zweiten Person, was gibt den Takt oder Rhythmus vor? *mens*, Geist, *mind*, Mond, Monat, Regelmässigkeiten, die von Flötenspielerinnen erfasst werden gemäss den Fingerlöchern der Mondflöte, *so ähnlich dem Lied …*, in einem Takt, mit dem die Lärmtüte geschlossen wird, pulsiert, ich atmen kann, mein Herzklappensegel mich Worte setzen lässt.

Das Kreischen des Gestänges des Fahrwerks, der Bremsen, die auch Flüsterbremsen sein könnten, wie sie für das Rheintal zwischen Koblenz und Bonn gefordert werden, hört man im Zug nicht so wie in der Wohnung, nimmt es jedenfalls nicht so wahr im Zug das Kreischen des Vehikels auf den Schienen. Was steht nun an? Müssen denn die Silben so bedeutungsschwanger klingen, rotwein-whiskey-bordeauxartig-schottisch-japanisch tropfen, bluten? Das münzt sich um in eine Methode: Klänge sich entwickeln lassen, nicht türmen, nicht verteilen, sondern setzen, gehen und kommen, sich als Vehikel verteilen lassen. Dazu suche ich eine historische Schicht, Texte, Bücher, aus denen Worte quellen: Sappho oder überhaupt die *Lirici Greci,* die Quasimodo schlicht, prägnant drängend übersetzt hat, Worte einer anderen Antike formulierte, während Mussolinis Faschismus, dem Wahn des *Mare Nostrum.* Ich tendiere zu öligen Tropfen, Oliven, Honig, dickem Wein, zu Klebrigkeit, Adhäsion, bleibe am Tisch haften, an den Texten, den Bildern im Netz. Ich werde als Massnahme ein Bild der Dichterin an einen Pfosten heften, wie Basho. Jetzt da auch noch kitschen, dass Basho beim Verlassen der Hütte, die irgendetwas mit Reis zu tun hat, an den Türpfosten ein Gedicht heftet, Zeichen oder Nichtzeichen.

Zum Klang der Flöte des Monds sammel ich ein Brot, es verdursten immer die anderen, neben mir, während ich zmörgele. Dreisam flantscht um eine Girliegrotte, Prinz Orga tritt auf und fetet gegen Mitternacht und ist am nächsten Mittag zurück nicht, Loxotheten langen nach Drohnen, die quälen. Fahre ich, *würde ich mit euch in diese Barke steigen und nie aufhören, übers Meer zu fahren?* Nach Thusis oder Chiavenna gelange ich auf den Gleisen vor uns. Vom Norden kommend verläuft der Bach rechterhand. Vom Süden kommend linkerhand. Der Weg zum Bahnhof wird zu einem Intervall, das ich beschreiben möchte und mich darin verlieren, auch wenn wir in jedem Fall da durch müssen, egal ob wir von Chiavenna oder von Thusis aus in das Tal wandern möchten, das zwischen Thusis und Chiavenna liegt.

Eine Intervallschachtelung ist *eine kleine Barke,* eine unendliche Folge von Intervallen (Umgebung), *die so wie jene war, die Merlin schenkte,* bei der (Zeitpunkte, die einen Ortspunkt miteinander gemeinsam haben, bilden eine Faser) die unteren Intervallgrenzen eine monoton wachsende, *so gut über Land,* die oberen eine monoton abnehmende Folge bilden *wie über das Wasser,* wenn auf der Zahlgraden alle unteren Grenzen links von allen oberen liegen und die Intervalllängen eine Nullfolge bilden *und nie aufhören.* Eine Intervallschachtelung auf der Menge der rationalen Zahlen definiert eine reelle Zahl und ist insofern einem Dedekindschen Schnitt gleichwertig. Jeder unendliche Dezimalbruch kann als Intervallschachtelung gedeutet werden, *und wie die Zahl beim Schachspiel* vermehren sich die Häfen und die Zahlen und die Binnenräume hinter den Häfen und die Zahlen darin, die zwischen Gittern sich vervielfältigen.

Die Wohnung ist ein Wallgebiet, ummauerte Phasenbildung zwischen zwei Zeitpunkten, um zu leben. Das gelingt, wenn es nicht ein blosses Überleben ist, sondern etwas entsteht. Eine Grenze ist durch Pfingsten 2012 gesetzt, die andere durch die Gegenwart. Ihr Heute verschiebt sich täglich, stündlich, im Sekundentakt und damit die Erinnerung: Ich lasse nicht stehen, dass ich einmal geschrieben habe, dass ich jetzt schreibe über das Licht, den Lärm, der 2012 ähnlich war, aber früher eine andere Qualität hatte, in den Jahren davor und den paar Tagen, die täglich mehr werden, von den Sekunden zu schweigen. Das Rauschen der Züge ist lauter geworden, weil Hauswände und Zäune und Kräne hinzugekommen sind, Kräne, um die sich das Kreischen der Räder in den Gleisen wirbelt, unterwegs zum See wird es kleinlaut, verdünnt sich in Richtung der Alpen, zu denen wir aufbrechen möchten, wenn wir nicht nach Osten ins Toggenburg fahren. Es treibt, jagt uns, Zahlen zu atmen, *play with your breath.* Wir lassen uns durch den Kanal des Treppenhauses vom Stapel. Ich reisse uns auseinander, gerissen werden wir, weil ich noch etwas notieren möchte im Stapellauf, beim Abgang noch etwas schaffen möchte, damit das Leben nicht nur eine Flucht vor dem Lärm ist, sondern auch etwas Eigenes entsteht auf dem Weg, bis die Landschaft uns aufgenommen hat. Natürlich, es ist nicht natürlich, mich durch Notizen hinaus zu reissen und das ruhige Schwanken unserer Schiffe zu stören. Woher kommt diese Spannung, die ich spüre? Es ist so, als ob der Körper andernorts beladen, aufgeladen worden wäre. Hat der Kaiser ihn aufgeladen, ihn mit dem zwiespältigen Anspruch befrachtet, das Innere schreibend zu beherrschen? So einfach ist es nicht, eine Ursache anzugeben.

In Japan ist das anders, dort würde man den Kaiser nicht beim Vornamen nennen, dort würde keiner so über den Hof des Kaisers sprechen. In Japan wird noch heute ein Kaiser verehrt, Von Friedrich hat man geschrieben, dass er gedichtet hat. Was genau, das wurde immer wieder in Frage gestellt. In der Vergangenheit die Ursache der Zerrissenheit zu suchen, das lenkt ab von der Wahrnehmung der Mechanismen des Alltags, vertuscht die wachsende Spannung, morgens beim Aufstehen von Maschinen reden müssen, um mit Gefühlen klar zu kommen. Daher rührt der Zwang, Notizen zu machen, schreiben zu müssen. Daher kommt auch keine Antwort auf Fragen. Das ist eine Art Panzerung, ein Wellenbrecher, eine Feste im Leben.

Wir verreisen in den Frühling, geniessen das Wachsen der Pflanzen in der Bergwelt, nennen das *Erwachen,* kümmern uns nicht um die schwarzen Striche, wir geben auch auf die Laute nichts, oder doch? Beim Singen zwar nicht, aber in den Texten anderer, die im Rucksack stecken, da achten wir darauf. Ich versuche, mir Laute einzuprägen, die ich beim Laufen, beim Wandern erinnern kann. Abends suche ich schon Laute, die ich am nächsten Morgen vor mich hinsprechen kann, ohne ständig an die Kaiser zu denken, ebenso wenig an die ungenannten Flüchtlinge. Oder ich kehre es um, denke nur noch an sie auf den Brücken mit den blauen Plastiksäcken, in denen sie ihre Ware verstauen. Das nehme ich mit, oder doch nicht? Ja, ich nehme mit, dass ich eine menschliche Katastrophe ständig ausblende beim Wandern, im Kino oder beim Betrachten des Monds, der später bereits in den Westen gewandert ist. Flüchtlinge schauen wahrscheinlich wie die Soldaten und andere, die unterwegs in den Lagern sind, auch Filme auf dem Smartphone, Tablett oder Computer. Den Mond können alle sehen auf unserer Halbkugel, wenn nicht Wolken davor sind, jeder sieht ihn aus einem anderen Winkel.

Wenn ich ausserhalb der Wohnung bin, trage ich Seiten des Gedichts bei mir. Wohl auch damals hatte ich es dabei in einer Seitentasche des Rucksacks, wo die Zündhölzer sind und das Messer. Nun verknüpfe ich das Gedicht mit dem Wort *Kaisersucht*. Es führt dazu, dass die Wanderung, die wir inzwischen mehrmals hinter uns haben, nun für mich zu etwas geworden ist, das ich nicht mehr überblicken kann, das mich in Worte verstrickt, Wendungen, die mich beschäftigen, verändern, während ich schreibe und übersetze. Ich bin wegen eines Verses auf den Text gekommen: *So wie das Eisen kehrt dem Magneten entgegen*. Ich wollte wissen, ob das Verkehren einen radikalen Richtungswechsel bedeutet, oder ob es ein Zuwenden und Neigen meint. Dann war da noch etwas von einem Quadranten und ausserdem der Reiz der Namen, die in dem Gedicht genannt werden. Ich habe kaum etwas davon verstanden, bin Vers für Vers vorgegangen, Monate oder Jahre bin ich an den ersten Versen hängengeblieben, weil ich selten ein Wörterbuch in der Nähe hatte. Jahre, weil unsereins sich damit Zeit lässt, weil er keine Zeit hat oder nehmen möchte. Das Ding und der Weg, den ich damit verknüpfe, sind schliesslich alt, wenn auch nicht alles gleich alt ist.

So wie

Die Blätter der Kamelie auf dem Fensterbrett sollte ich genauer im Auge behalten. Sie sind angefressen. Das war ein Dickmaulrüssler, sagst du, nachtaktiv, so wie Tristan Isolde im Geheimen, überlege ich, bei der Fahrt in der Kajüte berührt, knabbert er Blätter an, verschwindet dann tagsüber wieder in der Erde zwischen den Wurzeln. Ich würde gerne in einem Blattloch verschwinden, mich im Zwischenraum ausbreiten. Allerdings hinterlässt der Dickmaulrüssler Blattränder, die erst dann ein Loch bilden, wenn ich die Blätter in Gedanken um eine Mitte anordne, eine leere Zone, angeregt von seinen Bissen, bilde. Küstenverläufe zahnen seine Bisse an den Blatträndern, die einen Ozean an erdenklichen Bewegungen schaffen, nicht abmessbar und damit nur annäherungsweise berechenbar. Vergleichbar mit der Wurzel aus Zwei, die Zahl, die eine Zone bildet, die zwischen eins und zwei (Uhr) liegt, arithmetisch unendlich fein bestimmbar. Was machen die Pythagoreer mit solchen Überlegungen? Sie konstruieren Wurzelschnecken, sind vom Meister oder seiner Frau Theano oder einer anderen Figur der Lehre angehalten, jeden Morgen Gespräche zu erinnern, die sie am Tag zuvor geführt haben. Wenn aber das Gespräch etwas unendlich Verfeinerbares betraf, dann haben sie vermutlich das Gespräch mit einem Gebet zu den Göttern oder den Helden oder Pythagoras beendet oder das Problem geometrisch mit Wurzelschnecken gelöst.

Optionen, aus Worten Sätze zu bilden, massieren sich, wachsen allerdings anders als die Zahl *de lo scacchiere,* von deren Wachstum der unbekannte Verfasser gehört hat, wenn er von der Zahl des *Schachspiels* spricht, *die so sehr wächst, dass sie kein Ende findet.* Das Wachstum seiner Zahl sieht ab von den Irritationen, die jetzt und hier, später, früher, da und dort, in Raum und Zeit unweigerlich geschehen, wenn das Schachbrett angestossen wird und die Figuren umfallen, wenn ein Atemhauch, ein Windstoss die Reiskörner, die sich auf dem Schachbrett vermehren, fortbläst. Der Dichter hat von der Geschichte gehört, dass einer sich eine merkwürdige Belohnung von seinem Herrscher ausgedacht hat, die heute in Schulbüchern für den Mathematikunterricht steht, wenn in der Arithmetik Zahlenfolgen eingeführt werden. Das Wissen um unendlich wachsende Zahlen war durch Fibonacci in Mittelitalien bekannt geworden.

Ein Bild zerrüttet im Tonstoss, *daher bin ich so wie das Chamäleon.* Auf Buden jetzt mal leben, schreiben, sagt das Internet mir was *plus oder minus?* Es ist doch mal nicht geteilt, wohl gehäkelt verschlungen in seinen schnellen rechten Ecken ohne Krebse. Das Netz hat doch mehr als eine Kreiszahl, pi mir einmal mit deinem Wurzelstock etwas. Feiner, schon ruhiger allein führt zu: Also eins und eins macht zwei, so nicht wie der Schmetterling, *der im Feuer stirbt.*

Präzise regnet es und regnet, regnet, regnet, regnet; hallt der Regen an diesem Ort anders als im Wald? Kein Sein kann so sein, dass es dir, mir fein und gut zu sein scheint. Kein Sein kann gut sein, solang eines andern Sein leidet. Klar ist: Fein kann es nicht bloss recht sein, solang ihr Sein, alles Sein nicht gut und schön ist. Das soll, das kann, das darf doch nicht sein. Möchte mich vor dem Geprassel im Bett zusammenziehen, den Geräuschen ihre Übermacht lassen, mich nicht mehr anstrengen. Kampflust, Überlebenskampfsinnigkeit abfallen lassen, keinen Grad Temperatursteigerung zulassen, die Umwelt siegt, von mir keine Spur mehr, unter der Decke im Bett wucher ich dahin, dünste ab, löse mich von mir, meinem Willen, spurlos, kein Egofilm mehr, lasse mich nicht mal mehr von mir selbst covern, sondern von der Decke, bis ich fort bin.

Jede Coverversion ist rassistisch, hat jemand im Kollegium gesagt und *Die Würde des Menschen ist unantastbar* steht im Internet, im Grundgesetz. Es bleibt sich verändernd das Eine. Lässt du, gibst mir mich? Es blockt Sein, Zeit, Raum. Ich stelle mich dir doch nicht, ich verfüge nicht über ein Schreibprogramm, um durch die Welt zu dir zu schiffen. Mir geht es gut, auch wenn es andern schlecht geht, und das soll fein sein? Brecht dichtet, wie er in der Sauna etwas sieht. Armen wird ein Sweater von Adidas aus Indien geschenkt. Cafébedienerinnen sorgen sich nicht so gern um ihr Gelächel. Das gehört zum Berufsalltag, *des Lichtes starkes Glänzen anzieht,* aber nicht zu sehr bitte, du kennst die nervigen Gäste.

Mit einem Staubwedel werden die Bilder von Tüchern, die mit feiner Seide kostbar durchwirkt sind, abgestaubt die Bilder auf den Magazinen unter den Plastikfolien auf den Covern der Magazine, die auf dem Bürgersteig angeboten werden. *Cathay* von Pound gilt als eines der schönsten Bücher der Welt. Fremde Schriften von Fremden hat er dazu gelesen.

Diese Gegend wird hier gefiltert, durch Löcher gedrückt. Gefangen im Schwungnetz, verstockt der Bootsdichter gleich die Silbenhaufen. Hol dir mal die Hafenregeln, Holzofenregeln, ja die Vorschrift werden wir auch rein ins Netz der Dichtung bringen. Das wird Eiszeiten dauern. Im Schmelzwasser verschwinden Inseln *so wie die Sonne die Quelle des Lichts ist [Was es gilt zu sagen?],* Orgel spielen sie daheim und schätzen Bach, um Heideggers Gerümpel-Stänkerei etwas entgegenzusetzen. Sie sollen in der Werkstatt gelassen sein, alles kein Strobomückglück.

Kann das Dorf ein Markt sein, ein Sein schön, wahr, gut und recht, was ist denn recht nicht *so wie der Löwenphant, der einmal gestürzt, sich selbst nicht erhebt, nur dank fremder Hilf',* ein Gedicht, kein Gezeit für Gericht im Gedicht. Meine Zeit wird keine Zeit, in der ein Gedicht könnt' klingen. Kein Iota wert wäre Friedrich gewesen, wenn man versucht hätte, ihn auf arabischen Märkten als Sklave zu verkaufen, so klein, gedrungen soll er gewesen sein. Das Iota ist kleiner als ein Strich, muss kleiner als ein Strich sein, um als Iota wahrgenommen zu werden. Wenn etwas kein Iota wert ist, dann ist es auch keinen Strich, kein I wert, an bestimmten Orten im Norden oder im Süden, Westen, Osten. Im Osten war doch der Streit über das Iota? Beim Streit, zum Streit wurden Schriften verfasst, auf Papyrus, auf Täfelchen, wahrscheinlich erst auf Täfelchen, dann auf Papyrus geschrieben. Als ob wir Sappho näher kommen, wenn wir wissen, woran sie kaut. Du und ich fragen das eigentlich nicht, eher ich, nein du, wenn du, meine Seele, ein Bild von ihr im Netz siehst.

Fünf Gedichte, die heute noch vorhanden sind, könnte er geschrieben haben, stellen die Herausgeber einer wissenschaftlichen Ausgabe von Gedichten der Sizilischen Schule 2008 zur Diskussion. Ob das Gedicht *Blume von Syrien* wirklich von ihm stammt, kann keiner verlässlich sagen, aber dass an seinem Hof gedichtet wurde, gilt als sicher, und dass er Walther von der Vogelweide durch ein Lehen unterstützt hat, das ist auch sicher. Aber hier ist kein Platz für seine oder seiner Leute Verse. Friedrich und seine Dichter scheinen das Schunkeln der Silben zu disziplinieren, sie definieren die Verse durch Silben am Ende, die gemessen werden an den Silben, mit denen andere Verse enden. Es drängen sich diskrete Zustände aus verschiedenen Richtungen auf, separieren den Zwischenraum mit lästigen Ortslinien und Zeitfasern. Sie schnüren ein, wenn sie nicht ständig beobachtet werden.

Aber ich merke, wie ich schon bei diesem Kaiser scheitere, weil ich meine, selbst denken zu können, anstatt das Wissbare zu erfahren und dann ein Urteil über das Wesen des Kaiserlichen abzugeben. Gerne flüchte ich in Metaphernfelder oder Analogien wie denen der Akademie. Meine ich, dass die Hoflehrerbehauptung zieht, nur weil ich lieber schreibe, als zu recherchieren – und damit bin ich schon in die Falle geraten bei einem Kaiser, den ich als Form nutzen möchte, um das Kaiserhafte überhaupt zu entdecken, in einen Abgrund zu fallen. Das Bild, das Wilhelm den Zweiten darstellt, vermenge ich mit dem System, in dem das Bild installiert ist. Wenn es um den anderen Zweiten geht, greift dies nicht, denn es sind zu wenig Bilder vorhanden, die eine Unterscheidung zwischen Repräsentation und System gestatten.

Schiff ich hinaus auf ein Silbenmeer oder lässt Wilhelm nicht zu, dass ich ein Boot bau? Im Gegenteil, Faltboote werden auf den Seen seiner Zeit sichtbar und auch Klemmen für die Schoten, mit denen die Segel gespannt werden, Klemmen von Manfred Curry finden sich bald auf den Booten. Einmal das *Mare* mit Worten erweitern und den Kaiser abschreiben? Aus welcher Position heraus kann das geschehen? Vom Land, dem Feldherrenhügel des Kaisers oder auf dem Wasser in einem Beiboot neben einem grösseren Schiff schwimmend? Denkbar ist auch, dass auf einem Schiff, das auf dem Meer schwimmt, ein Beiboot mit einem Gerüst an geeigneter Stelle gebaut wird, von dem Teile des Schiffs überblickt werden können. Die Fenster sind geschlossen, selten werden die Rollläden heruntergefahren, um die Scheiben vor Regen, Licht oder Lärm zu schützen. *Meine schöne Liebe, was wird nun aus mir?* Das sind 11 Silben. Das lass ich erst einmal stehen.

Bohren wir tiefer! Werden wir – Gott-Platon-Plotin-Heidi-Heinzelmännchen-sei-es-gedankt – Sehende! Empfindliche für verborgenes Glück und Gerechtigkeit, die wir leider nicht mit Haken bergen können aus den Bohrwurmlöchern! Wir bleiben dort fremd, uneinnehmbar wie Bastelbabel, Bombenbagdad, Cadiz, Kairo und Karthago, bis die Römer und andere mit Kapital Wege der Unterwerfung finden; wir wollen hinaus aus dem Kerker der Lügen der Unterscheidung von Sein und Erscheinung, Tiefe und Fläche, Oberfläche, die eine Unterfläche hat; wir wollen das anders, zeitlich, räumlich ordnen, eben nicht bohren, sondern schwingen: Haken, Zacken nutzen, die zu weichen Wellen, Glückskörpergefühlen, sanften, uns bergenden Vehikelkörpern wie Silben werden, die auch wie ein Filmbild vom Dazwischen, den Räumen und Zeiten, in denen nichts gefüllt ist, sich spannen, die Fühlhörner der Organe schaukeln. Die Unruhe nutzen, unsere Uhr damit ticken lassen.

Der Kaiser hat eigentlich keine Geheimnisse. Er sorgt sich um seine Kleiderkinder, unser Leben scheinbar nicht. Auch können wir nicht wissen, ob ihm andere Wege bekannt sind. Wir forschen selbst und sehen manchmal ein, auch ungern, dass die Räuber und die Verwaltung, die wir als deren Gegenteil auffassen, die uns gleichwohl beide quälen, Sinn machen, auch wenn der Kaiser das anders angeordnet haben könnte.

Dieser Text wird mehr Zeichen haben als einer seiner Abschnitte, natürlich wird er das, muss er das, gemäss dem Verhältnis von Ganzem und Teil. Er wird eine Übersetzung des *Mare amoroso* beinhalten und Auseinandersetzungen mit der Übersetzung. Dabei werden andere Übersetzungen zu Rate gezogen und thematisiert, die Übersetzungen von Erín Moure aus dem Galizischen, von Gedichten, die sich befreien von den Ansprüchen, die Politik und Religion an die Silben stellen. Das erfordert Durcharbeitung von etwas, das Andere durch ihre Übersetzung gesetzt haben, und Rücksichtnahme, ein Ihr, ein Sie aus geschichtlicher, sprachlicher Arbeit anzunehmen. Eine Folgerung ist, das Ich, das Wir, das Du zu vermeiden, immer wieder geht es darum, beim Abbruch erneut einzusetzen, bis Silben gefunden sind, sich einstellen, die uns bewegen, auch wenn die Silbenbewegung nicht vom Geräusch zu Worten und Gedichten führt, die mit dem Lärm zu leben erlauben.

Du und ich zwischen den Zeichen, verlockend die Stimmung, die diese Formulierung auslöst. Wenn ich versuche, Wilhelm den Zweiten dabei präsent zu behalten, drängen sich diskrete Zustände aus verschiedenen Richtungen auf, separieren den Zwischenraum mit lästigen Ortslinien und Zeitfasern: Wer war wann in Jerusalem? Findet morgen eine Seeschlacht statt? Wenn ja, mit welchen Schiffen aus welchem Holz? Oder sind die Schiffe aus Stahl, werden selbst zu Magnetfeldern auf der Seefahrt von Wilhelmshaven nach Akkon? Die Silben, die ich setze, sind starr, hart, das Gegenteil von Gummibändern. Dabei sind Sprungfedern auch aus hartem Material, gegossen oder geschmiedet oder gezogen. Es ist also möglich, festes hartes Material so anzuordnen, dass es schwingt. Das müsste auch mit einzelnen Silben möglich sein, mit Lärm als Material aber gerade nicht, folgere ich aus der Überlegung der Symmetrie heraus, die Unterscheidung zwischen klar abgegrenzten Klängen und einem Klanggemisch fordert.

Zwei, drei, vier Einsilbler bewegen sich schnell fort. Andere liegen ruhig im Wasser, bieten Stabilität im Strom. Eine Silbe wie *Sein* liegt allerdings so tief im Wasser, das die Umrisse der anderen in der Umgebung verschwinden, in der Breite versacken und die Zwischenräume unwahrnehmbar werden. Ich ersetze *Sein* durch *Raum* und *Zeit*, um mich aus dem Bauch der Seinssilbe hinauszuwinden. Der Reim springt vom Ende in die Mitte, an den Anfang der Verse. Wenn das nicht so banal wäre und es auch nicht so banal wäre, auf diese Banalität hinzuweisen, banal, einfach, simpel, Plex, committieren in dem Komplex, nicht auslagern, sondern hier beginnen, I zu zücken, als Stab (Merlin), als Halt zur Stütze oder als Brett, als Schwungbrett, das wäre eine Drehung von I um 90 Grad. Bleibt nur zu fragen, wo der Ursprung gesetzt wird, der Ursprung für eine solche Drehung? Trompeten fanfaren, erheben Leben, Bücher, Töne, Worte. Entweder räume ich ihnen oder uns Zeitraum ein oder ich schaffe Platz für uns auf einem der Fuhrwerke der Einsilblerei. Mein Versmass kehrt um vor der Kluft, dem Abstand zwischen mir und dem Gedicht. Wir können das Fenster nur sehr kurz öffnen, solange wir uns in der Wohnung aufhalten. Wenn wir im Sommer die Wohnung verlassen, lüften wir. Hektisch müssen wir in die Wohnung zurückkehren, wenn ein Gewitter plötzlich aufzieht.

Die Rollläden der Fenster nach Süden lassen wir während der Fussballweltmeisterschaft hinab, wenn das Licht der Riesenleinwand zu beherrschend wird, das Sony-Blau. Marineblau ist anders. Die Farbe der Luftschiffmatrosen, die Zeppeline in Friedrichshafen auf Kurs halten, muss ich im WWW recherchieren. Ich nehme an, dass die Zeppeline in Friedrichshafen auch für den Kriegseinsatz geplant wurden. Matrosen in der Luft am Bodensee in Friedrichshafen und Matrosen für Übersee und Unterwasser in Wilhelmshaven am Jadebusen.

Meine Schiffe ruhen in Schachteln zwischen Flecken eines Kaffees, der sich seines Automatencharakters nicht schämt. Ein Singeboot bietet der Kaiser, König von Jerusalem: *Im Sprechen alles vielmehr ist als bedacht und weise, höflich, auch frank und tugendhaft, so wie der Spiegel auch nicht lügen könnte und recht gemäss der Ähnlichkeit berichtet.* Mein Versmass scheiterkehrt, kentert die Wortwahl, Hirnbootkühlung schwimmt vorbei mir das Geschick der Leute, Philosophen, die nur eines haben, sie aber nicht lieben die Eisweite.

Worte, was man über ihn sagt, sind ein Input, ich gestatte, Worten über ihn in mir zu arbeiten. Mit Versen fasse ich mich im Gestrüpp, lass mich sprechen entlang einer Bewegung im Raum, vom Gestrüpp zum Gitter; fallen da auch Klänge durch? Schaffe ich, bereite ich Platz für Silbenschiffe?

Bötlein liesviel, schreib Lieder drüber und verbrenne, muss Umschalten von Hebung, Senkung, Länge, Kürze, betont, unbetont, das Quadrat im Gitter, über das die Füsse schwer gehoben werden, muss plötzlich fallen gelassen werden, das Gitter klemmt. Und auch das Vorhaben, alle Menschen zu besingen in der Schweiz und was sie auslösen, das wäre ein Aufgabe, mit der sich Fremde beliebt und unbeliebt machen: *Und dieses sage ich des Nachts und am Tag, so wie der Sünder das Vaterunser spricht.* Erneut zwischendurch entwickeln, streben, kühlen, verfeinern, entgleiten; erneut die Überforderung von uns, die Nutzlosigkeit im Sinn. Immer wieder von vorn das Buch beginnen müssen wir, bleibt uns nichts anderes übrig. Das Hanuman-Getön fleuten die Lehrerinnenschülerinen auf die Leuchten, bloss praktisch Tamagotchi, die Bienen aufgehäuft trippeln in der Luft, grüssen den Skispringer unter dem Arm der Geberin, Springerin im Konsonantenstab der Übertönung, berät gelassen Kundennauten.

Habe das Bild von einem fremden Menschen, der neben einem Schwan sitzt, *nicht so wie die Jungfrau Laida erschienen.* Ein Fisch verendet dazu an der Oberfläche. Vergeblich, der versuchte Neustart gegen unten mit den Fischflossen. Von den Mathematikern würde ich gern lernen, Folgen anzuschauen, zu betrachten. Es treiben Tränen ausserhalb der Lautkarte. Vom Himmel fällt ins Ruskloster Feinstaub, Zusammensetzungen stückeln Hauptwörter. Die Balken Verben, Streben sind in der Silben Luftverbrauch, Textschwung massieren sie wohl verteilend Zeiten. Verarbeitung leisten Schreibhelfer, die Haller nachfühlen.

Linienschiffe richten Mouse on Mars eine Vorratskammer ein. Tauglich führt zu taub, *weckt ihr so auf mich aus schmerzensreichen Schlaf, so wie der Löwe sein Junges aufweckt?* Wenn das Selbst so selbst die Sätze bildet, dann der Sätze, Wörter Sinn mir knapp entgleitet, sterbender Fische Taumeln. Oh, mumms dir gut mal zwei und drei ins Silbenlöcherbecken platonisch schön und wahr und schwul und gut, was da war. Zahlart, *so wie der Seeman in den Hafen gelangt* ins Einssein flüchten, kugeln, betten, links verkehren, brüsk absetzen, die Ansatzfläche zersplittern und Haufenzauber kurz betreiben.

Schon bei den einfachsten Grüssen daneben greifen, ausserhalb des Lebens bleiben, verbockt, konternd murren, verheben: *Erbittend Gnade so von eurem Mitleid, so wie der Pilger es von Gott erbittet.* Daraus in den lieben miesen Modus gleiten, Geschirre auf Wortochsen spannen und mit dem Gemüt am Leuchtturm vorbei treideln. Die Zugvögelflüge flattern von der Saisonmode herab. Du hast sie gestört mit diesen Hebungen und Senkungen, Studium. Achtung Licht! Das ist nichts für dich ohne Zeittakt; nimm dir 'ne Dose und ruh aus am Strand deiner Bemühungen, *so wie das Eisen kehrt sich zum Magnet,* das wollen sie umstülpen durch Klänge, den Sog, Strudel, den ein umschlagendes Schlachtschiff bildet, Skagerakfutter ausschüttend für dicke Aale.

Was ist ein Tag? Frage ich das ehrlich, fragt das die Sprache? Man zieht ja auch ab und zu ein Segel auf, kann ich nicht auch einfach etwas schreiben, ein paar Vokabeln in den Wind heben und senken? Sonette der Gewaltmenschen verhäkeln mit dem Stil von heute, also erst einmal kein Set Nützlinge bestellen, die den Dickmaulrüssler fressen. Bin zu bequem dazu, mag nicht im Internet so etwas bestellen, bin allerdings auch zu bequem, nachts aufzustehen, den Tisch vom Fenster zu rücken, das Fenster zu öffnen und mit der Taschenlampe oder einer Kerze den Dickmaulrüssler zu suchen, mit Mühe habe ich mich dazu diszipliniert, so oft wie nötig, das Wörterbuch in die Hand zu nehmen.

Das ist der Effekt der *mansuetudine* oder, wie ich nun weiss, der *umilitate*, muss betonen, dass ich ohne Bücher, ohne Wörterbuch keine Ahnung von dem Text entwickeln kann, möchte eine Maschine haben, die mir das abnimmt, eben auch die Eingaben in die Oberflächen des Browsers auf dem Laptop, auch auf dem Natel, will nicht eingeben, buchstabieren, sondern, wenn das Wissen um die Bedeutung der Wörter in fremden Sprachen schon in der Welt ist, dann sollte eine Maschine das direkt ausgeben, mir eingeben ohne das Lagern, Hindern, Dazwischenfunken von Tasten, Browsern, Datensichtundschreibleistungen der Apparaturen, die aufgeschaltet und abgeschaltet werden müssen, einfach so: Die Worte, ihre Bedeutung sollte eine Maschine mir zur Verfügung stellen, wenn ich unsicher bin, und das bin ich ständig bei der Lektüre dieses Textes, diese Eingaben würde auch diesen Text glätten, ihm die Kanten und Wendungen und Sprünge nehmen, einfach translaten lassen, *wenn ich denn eine kleine Barke haben könnte tal com' fu quella che donò Merlino, so eine wie sie Merlin der valenten Dame von Avalon schenkte a la valente donna d'Avalona, dann gänge ich ohne Ruder und ohne Segel so gut zu Land wie zu Wasser.*

Ich lasse jetzt leicht die Worte einspielen auf Deutsch und auf Italienisch, sie gleiten in den Text nun, entsprechen aber nicht dem Versmass des Textes, komme mit den Online-Wörterbüchern nicht weiter, muss da selbst durch, wenn schon, denn schon, auch Grammatiken und Verskunden konsultieren, um angemessen, von *schöner Liebe,* dem Schönsein der Liebe übersetzend zu schreiben. *Mann,* sag ich mir, dann lies doch wenigstens nach, was die Browser ausgeben oder schlag im Wörterbuch nach, das unten rechts vom Tisch im Regal steht, zier dich nicht so in deiner Bequemlichkeit, wenn du schon nicht Dickmaulrüssler jagst: *Sanftheit, Milde.* Mit den Büchern, Wörterbüchern gelange ich zu einer ersten Stufe, überhaupt zu einer Stufe, gelange ich an etwas, das mit dem Text des Anderen zu tun hat, ihm auf einer geringen Stufe wenigstens etwas gerecht wird. *mansuetudine*: Denke nun an Gelehrte auf alten Holzschnitten, die neben Löwen sitzen in holzigen Zimmern, Zimmerarchitekturen, Binnenräumen, so holzig wie der Schnitt, der sie zur Darstellung bringt, nicht so wie ich zwischen *Billy*-Regalen und den Lärmlöwen des Zugverkehrs, oh, dazu sing ich etwas Eigenes. Mach mir einen Gesang dann mal, wenn ich übersetzt hab' dies. Die Hände derer in den Zimmern sind überdeutlich gross vor den eckigen Büchern mit Schnallen. Komme auf die Hände wohl, weil ich einem Rest Latein vertraue, was von Händen in dem Wort *mansuetudine* entdeckt und der Klang das deutsche *Mann* aufruft, die Hände der Männer in den Holzschnitten, die von Händen mit Messern geschnitzt worden sind. Bin überrascht, dass dann im Wörterbuch *Sanftheit, Milde* als

Übersetzung angeboten wird, gehe dem nach, was die Wörterbücher vorschlagen, halte mich an die Ordnung der sortierten Bedeutungen, wenn ich übersetze, die Ordnung lieb mir wird und auch nicht, wenn ich müde bin.

Oft meine ich, hoffe ich, ohne Nachschlagen auszukommen, unordentlich meine Übersetzung, nicht so, *meine Schöne, oder was wirst du mir sein?* Helfe mir mit dem Wort *schier* aus, verwende es immer wieder, *schier, schier, schier* und glaube, dass ich das darf, dass das der Ordnung gemäss ist, weil ja schliesslich der Dichter oft *si* und *che* schreibt. *Si* bedeutet *so* und *che dass.* Beides ist nicht *schier, schier.* Ich muss es also löschen, wenn ich dem Gedicht gemäss sein möchte, seiner Zeichenordnung gemäss. Auch das *bloss,* das mir leicht in den Sinn und in den Text kommt, sollte ich löschen. Denn das heisst auf Italienisch *pur,* und das steht sehr selten, wenn überhaupt im Text. Ich bin mit meiner Übersetzung nicht zufrieden, muss gliedern, ordnen: Erst den Text verstehen, den Sinn der Sätze erfassen. Das bedeutet, dass ich die Kommentare genau lese und Wörterbücher konsultiere, dann kann ich erst versuchen, mich dem Rhythmus zu nähern. Oder schreibe ich nicht längst in dem Rhythmus, setze Zeichen gemäss einer Rhythmik von Worten, die ich nur irgendwie, bloss vom Klang her verstehe? Hat die deutsche Sprache die Mittel, und verfüge ich über sie, die Rhythmen des Italienischen auszudrücken?

Die Tischplatte mit dem Fensterrahmen darüber und den Gläsern und den Fugen und Kreuzen der Rahmenhölzer ist das Rudiment eines Boots. Es ist derzeit so noch nicht seegängig, schwimmt nicht einmal, rollt auch nicht, die vier Beine stören im Wasser, verstossen gegen die Strömungslehre, es tendiert zur Investitionsruine, dieses Beiboot, uninteressant für Friedrich, den Begabten, Wunder der Welt, der den Klang Holzschildern zuordnen kann, die das an einem Stein kratzen, und das absetzen kann vom Geräusch, das Steine verursachen, die von Holzschildern abprallen. Die Erzählfigur Friedrich mustert Zahlen mathematikelnd, Regeln tentakelnd, wirft sie zurück in den Alltag. Ich nehm' das doch auf meine Tischplatte, Flossparzelle, suche gezielt, dass mir jemand das aus den historischen Seiten der alten Bücher in den Kopf durch die schlechten Augen wirft, die guten schlechter werdenden Augen. Es hilft gegen Syrienukraineafrikaangstwandelklima nicht, nicht der Störkugelangriff, auch nicht *la mia determinazione ad amarvi ed obbedirvi,* das muss ich in einen anderen Kontext übersetzen:

… *dann würde ich mit euch in diese Barke steigen und nie aufhören, übers Meer zu fahren,*
bis ich mich jenseits der Meerenge wiederfänd',
genannt sie wird allseits der Arm des Saufì [von den Leuten],
in dessen Hand geschrieben steht: „Niemand passiert hier", weil niemand zurückkehrt, der dort passierte;

Alte, seltene Bücher müsste ich bestellen, um mir eine Vorstellung davon zu machen, was der Dichter verwenden konnte, was bekannt war, als er dichtete. Wenn ich diese Bücher bestelle, falle ich aus dem Rhythmus, in dem ich nun schreibe und schreibe, dann falle ich neben die Bücher, die ich schreiben sollte, gegrüsst seid ihr Helden, die in seltenen Büchern stecken, ich habe keine Zeichen in den Krallen, halte nichts ans Herz, bin kein Tier, kein Stein, kein Aggregat, doch ein Aggregat werd' ich wohl sein. Wie kommt der Autor darauf, die Liebe mit *ihr* anzusprechen?

Das liegt an seinem *ihr,* das er mit einem *so wie jene war, die Merlin schenkte* paart, so wie ihr als *Sonne, Adler, Skorpion, Hirschwolf, Drache, Schlange* mich das Beutedeutetier, Christkind, *Hermelin* behandelt, davon spreche ich nicht im Plural. In meiner alltäglichen Redeweise überwiegt die dritte Person im Singular, wenn ich die Vergleiche des Autors übersetze: *Wie der Vogler den Vogel,* der Staat die Steuer nimmt per Überweisung und der geköderte Fisch den Stern, das Licht der Kernfusion im Himmel wichtiger nimmt als das atomgetriebene U-Boot im

Wasser, aber was ist nicht atomgetrieben, *dass ich führe ohne Ruder und ohne Segel, so gut über Land wie über das Wasser?*

Ich mache es wie der Dichter, das anonym gebliebene Wesen, wenn ich ein Wort brauche, dann schreibe ich *und* oder *wie* oder *so*. Dieses Gedicht wird durch das Wort *Liebe* umgelenkt, bei der Lektüre werden die Gedanken, die Wahrnehmung, die Feuerung der Synapsen so geführt: Immer wieder Liebe. Leider wird am Hof Friedrichs Fernliebe installiert und damit die Frage, was die Distanz erhält und verändert: *Und wenn denn ich hätt' eine kleine Barke,* eine Installation.

Ich sollte den gesamten Text einmal durch eine Übersetzungsmaschine schicken, nicht nur einzelne Worte, das Ergebnis lesen und ummodeln. Dann würde allerdings nicht dieser Text entstehen, der sich mit der Übersetzung, dem Übersetzen auseinandersetzt *so wie der Seemann* in den Hafen gelangt, so soll das Gedicht aus dem Italienischen das Deutsche erreichen. Uns wird zuvor als Proviant bei Ikea angeboten und ich zögere lange, ob Platz dafür im Rucksack wäre: Rote, tote, apfelrote Scheren von Flusskrebsen in Dillsauce. Gefroren 1 kg. Wir sollen damit ein privates Krebsfest geben können. Meine Lebenswelt nimmt das nicht an, dass sich die Bilder des anonymen Dichters in meine Gegenwart wenden lassen, *wie das Eisen* zum Magnetstein sich wendet. Das *Billy*-Birkenfunier ist kein Attraktor, auch wenn im Regal alte Bücher, Wörterbücher stehen als Pumpstationen zwischen unbekannten Worten und denen, die ich kenne. Als Ikeasprachraumbudenbuddy zettle ich einen Zweisilblerraum an in dem ausgebreiteten Schwedenshop. Tüddel Linienschiffe mit *Nora, Billy, Fraka*, Tuttifrutti im E-100-Takt, ich bau mir noch ne Nullfolge! Aber, nein, das sollte nicht sein, da wir auf 55 qm^2 leben. Auf diese Gegenwart werden wir durch die Wohnraumkomprimierung der Klimawirtschaftsmächte eingestellt.

’

Wenn ich auf den Tisch sehe, höre ich die Züge, wenn ich aus dem Fenster schaue, höre und sehe ich Wagons und Gleise, auf denen die Räder der Wagons kreischen. Dass sie kreischen, wo und warum, das kann ich nicht sehen, begreife es trotzdem, dass da etwas ist auf den Gleisen, z.B. Weichen, Anstellwinkel, die die Räder kreischen lassen. Das werde ich recherchieren, mich daran abarbeiten. Wäre eine andere Richtung meiner Energie nicht günstiger, mir zuträglicher, eine freundlichere Seele zu werden, die sich nicht so nervt, wie ich mich über mich selbst und die Wohnung und den Lärm, eine Seele, die sich eingliedert, sich einfach eine Situation sucht, in die sie sich gut einordnen kann wie in ein Fach einer Stellage mit realistischen Möglichkeiten? Wie kann eine Seel’ ihre Zerrüttung schreibend erfassen? Ich stolpere über die Apostrophen, es wimmelt von ihnen im Text.

Die Silbenmausies knabbern an den Zahnrädern auf dem Antidichtungdampfer. Fremde Zeichen sachte klaren. Dazwischen beten Abstände tragende Versicherungen einer Tradition: Sollst *Aug’* statt *Auge* schreiben. In der Selbstbezüglichkeit oder Fremdbestimmung suhlen, das sind zwei Optionen auf der Suche in der Ahnung einer Drehung des Weltschiffbaus.

Jetzt sitze ich schon lange am Gedicht vor dem Fenster oder auf dem Sofa, habe es beim Wandern und Skifahren dabei und kann nicht einmal sagen, was in der ersten Zeile steht, für was der Apostroph in der ersten Zeile steht, die Züge sind nicht schuld daran, was auch immer, ich lenke mich ab: *Und mehr an Wohlduft tragt unter die Leut’ ihr. Geist* ist einsilbig, *Seele* zwei-, *Geist* wiegt plombenschalig, *Seele* senkt sich ab, ein Boot mit flachem Schwanz. Lied ist auch einsilbig, *Scan* ebenso. Imperative duzen übrigens hässlich. Mit *Ahoi* fremde Boote zu grüssen, ist Pflicht für Ruderer auf dem Rhein. *Geld* ist einsilbig offensichtlich, da müssen wir Logik machen, den Kategorienwechsel zwischen der Bedeutung und der Gestaltung des Zeichens berücksichtigen und dann erst folgern. Ja, um uns aus dem Ich herauszubugsieren, die Naivität der Leute meiden, die sich nur mit sich selbst beschäftigen und meinen, das sei politisch. Ich kriege mich in meiner Schelle nicht; du, Trübung, schiebst mich *so ähnlich dem Lied der Sirenen. Mass* ist doch auch einsilbig, während das Wort *einsilbig* das nicht ist. Von Süden kommend verläuft der Bach linkerhand, von Norden rechts.

Zeit ist ein Kontinuum, jedoch eines im mathematischen Sinne. Auch wenn wir an uns arbeiten oder uns Arbeit geben, für die wir bei anderen erst ein Interesse wecken müssen, wenn wir zum Beispiel hinweisen auf die Übersetzung des Verses *Und eure Arme bilden mir einen solchen Kreis, wenn ihr geruht, mich zu umarmen.* Das aus dem Italienischen derart zu übersetzen, bedeutet noch nicht, dass dieser Vers lesbar ist für andere und sich anbietet als eine Sprechweise, die Verbindungen herstellt, zwischen Lesen, Schreiben und Anderem (Leben). *I want it* wissen eben, das Leben so gut wie möglich in der Linse der Einzweimehrsamkeit der Übersetzung auffassen.

Amor mi' bello, wie die Schweiz klein macht, verkleinert, einen sich klein fühlen lässt, wenn die anderen auf den Bildschirmen die Higgs-Bosonen-Mars-Missionen gross aufscheinen zwischen den Kameras und die so unbedingt transferiert werden wollen in die Medien. Friedrich war da für eine Zeitspanne bei der ersten Überquerung der Alpen anders, wollt' durch das Vermeiden des Glücks der Namensgebung sicher über das Massiv gelangen, vermutlich auf unbewachten Wegen, wo man seinen Namen nicht so kannte und darauf wachte, ihm zu begegnen und ihn festzunehmen, zu foltern, zu ermorden, das *Wunder der Welt.*

Aktien chinesischer Internetsicherheitsfirmen legten denn auch kräftig zu. Mahlers Fünfte füllt Kräfte, Bewegung in mein Gemüt, es steigt auf, beruhigt sich, spannt sich, fällt ab, dennoch ist mir nicht wohl, wenn ich diese Musik als Segel setze. Die Ordnung, der Gedanke, dass die Töne auf einer Partitur angeordnet sind, lockt mit Ruhe, peitscht dann auf. Da ist eine Baustelle, die wir zulassen, um später ruhig zu wohnen. Aber es wird keine Ruhe geben. Der Verkehr wird zunehmen müssen.

Die Werbeflächen verheissen uns Landschaften, zu denen uns der Verkehr transportiert. Es wird keine Landschaft für mich geben, es wird eine Landschaft geben, die du bestimmst. Das Auto, in das ich investiere, hat einen Computer, in den ich investiere. Mein Fahrrad, das ist nicht in Ordnung, ausserhalb der Ordnung deiner Investitionen ist es. Wie die Fortbildung, in die ich investiere, die fordert, dass ich mich weiter fortbilde. Ich grüsse dich, Ordnung, fahren wir fort, Geld zu verdienen.

Du hast mich, liebe Ordnung, erfasst. Ich suche erst Ruhe, wenn ich dich erlangt habe. Du versprichst mir nichts, du bist. Aber nicht für mich bist du da. Die Rente soll ausbezahlt werden. Nicht die Rente, in die ich einbezahlt habe. Mir wird nichts bezahlt, heimgezahlt wird mir, kehrt alles zurück, *dies sei die Beleid'gung, dies die Anklag?* Es wabert Künstlerangst, vor Künstlern Angst habe ich, wenn sie nicht Kladden füllen, ordnen, wie ich es gern habe und brauch', benötige, um sicher mich zu fühlen, *so macht' der Kuss von Euch mir Todesqualen, doch hätt' ich einen andern, würd' ich gesund.*

Die Seele ist nicht mehr verspätet, so drücken wir aus, dass wir begeistert sind, aber nicht zu sagen wagen, was die *Philosophen* genannten uns mitteilen, dass die Seele Zeit ist, ohne *Farbe der Natur nach.* Wir umtorkeln leere Mitten, halten uns fest an fehlender Unwortlust, während Friedrich und Wilhelm als Kaiser Wiederholungen und Formeln zulassen, zur Erhaltung ihrer Macht, zur Kalibrierung der Abstände, Intervalle zu den anderen benötigen.

Schriften frisst du mir. Entspann der Vorsilbe *dis* vertrackte Faltung! Triff dich mit Klangbeginnern innig, mach in der Garage Karaoke und was mit Musikjunggesellen, das Programm, das du benutzt, ist von Mathematikern auf der Suche nach Verbindungen zu den Sternen gefunden worden. Maryam Minakhani erhielt eine Fields-Medaille. Sie erforscht Riemannsche Flächen und stellt fest, dass Iterationsverfahren chaotisches Verhalten erzeugen können. Sie ist nicht deine, sondern unsere; ein Teil ist ihrer, ein Teil ist meiner, der keiner ist, es ist keiner, weil ich niemand bin, der wüsste, was Liebe ist, liebe Seele, ausser dir, die du mir giltst als meine Liebe.

Aber was soll eine liebe Seele, ausser, dass sie sein möchte, lieb sein möchte? Eine Liebe, die nichts weiss von der Liebe, ausser, dass du sie teilst? Mir etwas bist, aber darum auch nichts, weil ich nichts bin, ein Nichts bin ich dir, bilde mich an dir, aber bin doch nichts dadurch. Bring' doch nichts ausser dieses Hauptwort *Liebe*, das grossen Abstand hält zum kleinen Wort, dem zugestellten Wörtchen *lieb*. Dir bring ich was, möchte darum nicht so schreiben, so Gedichte entstehen lassen im Wohlstand, Kummer der Schärfung der Bilder und Begriffe. Iambus ist nicht Trochäus, unbetont-betont ist nicht betont-unbetont. Beherzt stelle ich alles um: *Geht's – geht's* wird zu *es geht*, *gefällt es* zu *gefällt's*, kann das aber nicht zu lange treiben, wird zu maschig, verkleistert mir das Schema.

Meine Seele, geliebte, genervtes Etwas, ich will doch etwas von dir, was du mir nicht schenkst, Ruhe, aber spüre ich die Ruhe, wenn ich dich nicht habe, dich nicht frage? Müllabfuhr benötige ich nicht, weil ich keinen Müll habe, ich mache auch keinen Müll, ich brauche nichts, deshalb habe ich keinen Müll ausser mir, nur mich. Bin ich Müll dir, meine Seele? Ich bringe den Sack hinunter und fahre dann an die Limmat. Starte ich das Ich als Schiff an der Badi, nicht in dem Zimmer, in dem ich nicht mehr bin? Peinliche Nachdichtungen an die Flächen der Badi hefte ich nicht, oder doch nachts? Wo das Wasser beim Land beginnt, Schiffseinsatzstelle. Wo beginnt denn das Schiff, wann und wo kann von Beginn und Ende, Bug und Heck eines Schiffes gesprochen werden und wann von seiner Fahrt? Und *wenn ich eine kleine Barke hätte,* klingt gut für mich, ist aber kein elffüssiger Jambus, was ich damit bilde: *Und wenn ne' kleine Barke ich denn hätte,* ermogel ich mir mit einem Apostroph.

Der Text des Dichters verzeichnet zahlreiche Apostrophe, aber gerade diese Zeile hat keine: *E se potesse avere una barchetta …* Wer hat Zeit, dem gerecht zu werden? Körper, die sich bereit stellen, in dem Versuch, das Leben zuzulassen und dabei, darin zu bleiben. Den Obdachlosen schreibe ich das zu, Koffer, Turnschuhe aus Leinen mit den amerikanischen Sternen baumeln an den Schüren befestigt am Halter, wem schreibe ich zu, das Leid, das mir so nicht widerfahren ist? Habe ich die Mikrokredite auch wieder recht verteilt? Schenkt ein Ort mir etwas? Ein Zeichen, schenkt es mir etwas, ein Zeichen? Silben rutschen, ziehen in den Vers hinein, locker leicht, nicht wie ein Kamel, sondern *poi che voi,* einen Salto mitmachen.

Ist das, war das eine gestrandete Stricherin, die den Umzug zu den Verrichtungsboxen verpasst hat, davon nicht erfasst worden ist? Nach dieser Frage muss ich pausieren. Einen Menschen als Stricherin, einen Menschen als Obdachlosen nennen? Wie geht das, darf das geschehen? Tief aus dem Brustkorb summt einer mir entgegenkommend weich ein *Hoi* zu, ich mutmasse, dass dies ein *Hoi* der Cruiser ist. Wie komme ich dazu auf meinem Fahrrad? Hindurch gelangen zu klaren, allen verständlichen Aussagen und so den Zweck des Textes legitimieren, das ist meine Hoffnung. Könnt' ne Form für mich wohl finden, der Worten aus der Vergangenheit folgt, die Gegenwart erst finden muss.

II

Lord Nelson rief beim Blick durch das Fernrohr *I see no signals.* Das Fernrohr hielt er dabei vor sein Glasauge, so David Larcher. Ein leeres Feld ist für den Lesekopf ein Zeichen. Es markiert, dass ein Zustandswechsel vorgenommen werden soll oder nicht. Im ersten Kapitel dieses Buches fällt das Wort *Morgana*. Das *Artus-Lexikon* überlegt, dass der Name *meer-geboren* bedeutet. Morgane ist eine Fee, die ein Tal mit einem Fluch überzieht. Ritter, die untreu waren, bleiben in dem Tal gefangen. Lancelot (später dargestellt von Richard Gere) befreit die Ritter. Das Langgedicht ruft Vorstellungen aus dem Artus-Kreis auf und führt Vorstellungen von Tristan, Marke und Isolde mit sich. Friedrich der Zweite soll eine Abschrift des Tristan-Lieds besessen haben. Hier kann ein Vers zitiert werden, den Friedrich selbst gedichtet haben soll: *Und ich gesteh', dass ich nun heiter bin.* Er bewegte sich als junger Mann von Süden nach Norden. Aus dem Süden kommend verläuft der Bach linker Hand. Auf dem Weg von Süden nach Norden galt er als arm. Auf dem Weg zurück, nachdem er Jahre im Norden verbracht hat, als vermögend. Aus dem Norden kommend verläuft der Bach rechter Hand.

Eine Treppe ist eine Stange, Anordnung von Stangen, von denen aus rechts und links definiert werden kann, ebenso der Blick zurück oder in die Zukunft. Die Zukunft des Kaisers steht in Relation zu seinem Weg. Er ist ein Attraktor, der die Bewegung von Lauten, Gedichten an sich zieht, sobald er fokussiert wird als Herrscher, der die Formulierung seiner Machtansprüche mit der Ausbildung einer damals neuen dichterischen Sprache verbindet. Der anonyme Autor führt Worte ein, die er als Schriftzeichen abgrenzt. Wesen, Tiere, Pflanzen, die A.A. fabelhaft erscheinen, werden im Gedicht erwähnt. Den Anmerkungen der italienischen Herausgeberin lässt sich entnehmen, dass A.A. auf Texte zugreifen konnte, die von diesen Wesen berichten. Was von diesen Wesen gilt, trifft auch auf die Helden zu und damit auf Vorstellungen und Erwartungen, was Liebe ist und wie sich Liebende zueinander verhalten. Der Name von Tristan fällt nicht, der Name von Pythagoras auch nicht. Beide fahren der Legende nach als junge Männer zu See. Beide verändern den Zustand der politischen Ordnungen, in die sie eingegliedert werden. Tristan destabilisiert Markes Herrschaft und flieht. Pythagoras verändert die politische Ordnung in Kroton, später muss er fliehen. Tristan singt und verzaubert dadurch Marke und Isolde I-III; Pythagoras empfiehlt Gesang und Musik zur Besänftigung. Das Herz ist dort, wo, sich Zahl, Schema und Erwartung und Unsicherheit überlagern, einen blinden Fleck bilden. Einsilbige Worte setzen sich in Bewegung, gruppieren sich in mehrsilbigen Versen an. Wird die Gruppenbildung formal forciert, verschwindet die Bewegung, Atem und Herz folgen dann wieder eigenen Rhythmen.

Die Vehikel, die A.A. erwähnt, markieren die Absicht, den Zustand zu wechseln, eine Welt zugunsten einer anderen zu verlassen. Dass Verse von A.A. ein Vehikel der Weltgestaltung und der Erfahrung sind, wird durch das Übersetzen fassbar, genauer wird diese Erfahrung bestimmbar und damit veränderbar, wenn die Eigensilbenbewegung angeregt wird. Dann allerdings ist eine Rückkehr zum Text des Dichters schwierig, als ob nur der Aufbruch zählt. Der Ausgangstext motiviert zu Wiederholungen und zu Übertragung. Wiederholte Übergänge zu übersetzen, das führt zu Wiederholungen und Vergleichen, zu wiederholten Vergleichen. Die Beschäftigung mit Apostrophen bewegt Worte, aktiviert Verbindungen, die in einen Schwung versetzen, der stockt, wenn der Ausgangstext erneut in den Fokus gelangt, er taucht dann wie ein Abgrund auf, vor dem die Bewegungen abrupt inne halten, sich ausbremsen, um nicht hineinzugeraten, so wie der Blick in den Innenraum, den Rumpf eines Schiffes taumelt und rastlos bleibt.

Motorteile oder Segel, Taue, Kisten (Rhythmen, Reime, Verse) sind erkennbar, auch (Abschnitte, Zäsuren, Verschreiber) Sägen, Bretter, Staub. Sind sie fahrtüchtig? Es muss noch so viel geschehen, bis eine Fahrt in Gewässern möglich ist. Ist der Schwung etwas, das mit Algen verglichen werden kann, die sich vom Rumpf eines Schiffes lösen und sich im Gewässer verteilen, überraschend das Wasser verquirlen und kräuseln? In so gekräuselten Wellen geraten Vorstellungen, Beiboote, die Flotten (als Mitteln der Ordnungspolitik von Kaisern etc.) zu Diensten stehen sollten, in Bewegung.

Das Wort *Zustandswechsel* wird instrumentalisiert. Die Kapitel sind Zellen und Zustände, in denen etwas gelesen oder geschrieben wird. Die Vorstellung, dass jeder Vers des Gedichts aus zwei Teilversen besteht, präpariert die Überlegung, dass selbst Einzelworte als Zellen oder Kammern aufgefasst werden können, als Programme, die andere Programme steuern. Die Verbindung von Zelle und Zustand, Zeichenlesen und Zeichenschreiben ist in automatentheoretischer Hinsicht brisant, denn ein Zeichen steht damit in Verbindung mit einem Zustand. Der Zustand kann als Vorschrift verstanden werden, Zeichen werden somit auf Vorschriften reduziert. Der Text von A.A. verschleift, lässt analog etwas wirken, das diskret voneinander getrennt ist. Zwischen der Verschleifung von Diskretem und der Setzung von Zäsuren, von Trennungen, entsteht im Langgedicht eine Spannung, die dieser Text verfolgt, indem er sie nachahmt und übersetzt.

Übersetzung ist mehrfach kodiert. Die Grundbedeutung ist der Transfer von etwas zwischen zwei Seiten, z.B. von einem Ufer zu einem anderen oder von sprachlichen Zeichen aus einer Ursprungssprache in eine Zielsprache; dann aus einer Zeitzone in eine andere; dann im Sinne einer Nutzung der Produktionsweise eines Textes für die Generierung eines anderen Textes. Mit dem Begriff der Turing-Maschine erfasst die Automatentheorie alle Vorgänge, die ein Rechner ausführt. Die Turing-Maschine besteht aus einem Lese- und Schreibkopf, einem endlosen Band, einem endlichen Zeichenalphabet und einer Tabelle, in der Programmfolgen abgerufen werden können. Zeichen rufen Tabellen auf. Tabellen können als Zeichen kodiert werden. Diese Übertragung ist ein Vorhaben, das als Selbstaffizierung verstanden werden kann. Bei der Selbstaffizierung teilt sich das Ich in ein Ich und ein Anderes oder auch ein Du auf. Das kann als Autogenerierung von Text durch Auseinandersetzung mit Texten verstanden werden. Im Hintergrund steht jedoch die Vorstellung von einer Treppespindelwende und damit der Wunsch, Denkweisen der Naturwissenschaft auf ihre Poetizität zu untersuchen. Das nährt die Hoffnung, dass die Eigenwelten des Dichtens einen Wert gegenüber den Parallelwelten der zeitgenössischen Physik ins Spiel bringen können. Der blinde Fleck, der durch Übertragung entsteht, ist ein bewegliches Teilchen.

Überzählige Silben laden zur Montage ein, z.B. von prägnanten einsilbigen Worten, die wie Atome bei der rhythmischen Komposition eingesetzt werden können. Einsilbler bilden Silbenflottenhaufen. *Flottenhaufenverse* sind in der italienischen Verslehre des 14. Jahrhunderts bekannt. Es sind Verse, deren Worte *zusammenhangslos, ja sinnlos* (Elwert) aneinander gereiht werden. Bei der Übersetzung stellt sich die Frage, ob Sinn entsteht, wenn in die Gedichte Heldennamen oder Erzählungen von Kaisern eingefügt werden. Marke bildet einen Angelpunkt, der zwischen Tristan und Isolde steht. Tristan und Marke einzufügen, das ist also eine Option. Von dort ergeben sich Verbindungen zu *Morgana, Laida* und *Orpheus.* Eine andere Option ist es, *gut, schön, wahr, recht,* als Striche zu denken, Phänomene, ohne die auf dem Datenmeer nichts gelingt. I I bietet die Möglichkeit, I.I, I.II oder II.I, II.II … zu fantasieren, *barcarole.* Barbara Guest verwendet dieses Wort, Gondolieri treten auf, die mit Rudern (Stecken, Stäben, I …) steuern, Planken bewegen.

Rohübersetzung

Irgendwann einmal war die Rohübersetzung erstellt, allerdings verteilt auf Notizbücher. Ikonische Namen flaggen aus dem Text: *Merlin, Lancelot,* die Lektüren dazu, die das Gedicht als Bildersammlung, Nachschlagewerk, etwas zum Hausgebrauch für Dichter einschätzen, als etwas nicht richtig Künstlerisches. Lohnt das die Mühe, dafür Zeit zu schinden zwischen Aufstehen, Frühstück, Unterricht und Publikationen? Zeit für das Nachschlagen, Einlesen in einem Wörterbuch zu reservieren, während die Abfahrtzeiten in den belohnten Alltag davon fahren im Schienennetz? Ich versuche, die Worte, die kein Bild, das ich kenne, ergeben, dennoch zusammenzufügen. Zum Beispiel *Pelikan.* Verstehe ich die Verse richtig, in denen der Name des Vogels fällt? Tötet er seine Jungen? Welches Tier, ausser der Mensch, tötet seine Kinder?

Dann das Gedicht von Ingold, von dem ich meine, dass es mit all dem zu tun hat, der Differenz zwischen Hochsee und Teich, Kaisertum und Demokratie. Keine Zeit für eine andere Zeit, für einen Vergleich mit einem Baum, der sich selbst entzündet und verbrennt. Dazwischen mischt sich Nietzsche, der von Thusis nach Splügen gen Italien zog und beobachtete, dass in der Höhe die Tinte schneller trocknet, dagegen anschrieb, wandernd, pilgernd. Nach der Rohübersetzung kommt die Frage nach dem Versmass des Gedichts, der Gedichte, die der Dichter kannte.

Medien teilen uns mit, dass wir in Zeiten leben, die jeden erschüttern müssen. Das soll uns auch betreffen. Der übersetzte Text hat noch nicht die rechte Form. Der Frieden, der Konsens, in dem wir immer wieder uns gewiegt haben, der auch die materielle Basis unserer Forderungen war, der schwindet. An den Wechsel zwischen Instabilität und Stabilität müssen wir uns gewöhnen. Wie ist das möglich? Der übersetzte Text hat noch nicht die rechte Form. Ich kann so nicht vor den Kaiser treten, verliere meine Würde, degradiere, bleibe an Marke, Tristan und Isolde hängen, wenn ich versuche zu klären, wie die turnen durch die Zeilen, springen durch die Zeichengitter, hüpfen auf gespannten Segeltüchern in die Höhe, verschwinden in den Masten. Ich hoffe, klammere mich an einen Werkbegriff, kompakte Arbeiten, die wie Schiffe gebaut werden, dann Strömungen und Windstärken ausgesetzt werden und sich bewähren oder nicht. In diesem Sinne verstehe ich die Übersetzung des Langgedichts und diesen Text, der sich um die Übersetzung rankt. Die Übersetzung ist zu einem Antrieb oder Segel dieses Textes geworden. Bevor der Text Buchform annimmt, gehe ich die Abschnitte durch, die zu ihm geführt haben. Sie sind Kammern mit beweglichen Wänden. Eine Grenze setzt das Fenster, Bullauge, das die Wände nicht zustellen soll, sonst sind sie so beweglich wie die Zäsuren im Text des Dichters. Dieses Kapitel ist ein Deck. Es bietet Zugang zu anderen Zuständen, die Kammern bilden. Auf dem Deck liegt das Gedicht aus. Doch die Zäsuren entsprechen nicht dem Versmass des Dichters: Elfsilbler mit beweglicher, *unfester* Zäsur (Elwert).

Der Stamm des Orangenbäumchens wächst nun nicht mehr vor dem Fenster, sondern auf einem Tischchen neben dem Schreibtisch. Er wird zum Mast, an dem die Segelverse zur Probe hängen, Segel, die nicht antreiben; und so driftet das Ich auf Schreibtischplanken, wird zurückgespült zur ersten Zeile des Gedichts. *Die Lieb' ist schön für mich, nun wie ergeht es mir?* Aber das Ich liest weiter, hofft, dass ein Rhythmus, ein *beat* ausgelöst wird, den die weiteren Zeilen erfassen und übertragen, wie ein Schiff erzittert der Körper, das Wind und mit den Segeln Fahrt aufnimmt, zu vibrieren beginnt, der erste Vers ist ein Vorsegel, entscheidend für die Wendigkeit des Schiffs. Ja, so geht es, ich lese noch einmal, ändere, bastle nicht, versage mir den Versuch, etwas umzustellen. Nein! Doch, da nun die Finger so flink über die Tasten des Computers tippen, ja, ich versuche es einmal anders und lass die Übersetzung beginnen mit *Zu lieben ist schön, doch wie geht's weiter?* Aber besser klingt noch: *Schön ist's zu lieben, doch was hab' ich nun davon? Gefällt's euch doch, dass ich zu Unrecht soll sterben…* Und richtig, dem Text des Dichters ist angemessener, so rät ein Mann vom Fach: *Meine schöne Liebe, was wird aus mir nur?* Wie geht es mit diesem Text weiter, der sich an der Übersetzung entlanghangelt? Ich könnte das stehen lassen und mir etwas einreden zur Stimmigkeit von Zeichen, die im Zeichenwechsel entstehen, unterdrücke das und lass' mich von den weiteren Zeilen mitnehmen, auch wenn es ruckt, als ob das Schiff noch Grundberührung hat, über Sand schleift, mit dem Kiel noch festhängt an Algen, Unterwasserschlingen, die sich am Rumpf festgesetzt haben. Das Gedicht ist bisher noch nicht übersetzt worden, hat niemanden gefunden, der Worte in einer anderen Sprache sucht. Für die Meisterübersetzer war es bisher nicht gut genug, zu lang, zu sperrig, wie ein Lastkahn, der neben schlanken, eleganten Schiffen liegt. Allerdings gewinnt der Text an Schwung, seitdem ich auf die Verteilung von zwei Haupttönen achte, besonders auf den zweiten Hauptton. Er muss auf die vorletzte Silbe fallen. Nun raschelt es geschäftig wie bei Dante, der auch in Elfsilbern dichtete.

Der anonyme Autor, die Verfasserschaft soll die Form zuerst benutzt haben. Der Anfang ist wild, nicht klassisch. Werk eines Einsiedlers, Ausgestossenen, dem dann Diplomaten, Händler, Mönche und Bauern folgen und formen, was er aufgetan hat. Es ermuntert, es weiter zu versuchen, weiterzulesen, auf die Eigengeschwindigkeit hoffen. *Schön ist's zu lieben, doch was hab' ich nun davon? Gefällt's euch doch, dass ich zu Unrecht soll sterben; da ihr denkt, dass es der Ehre gemäss ist…* Ich muss abbrechen. Die zuvor verwendeten Worte suggerieren ein Ensemble von Rumpf, Steuer, Motor oder Besegelung, das darf die Leserschaft erwarten. Gut, die Verssegel lassen sich auf dem Deck ausbreiten. Sie können angeschlagen werden, dann wird ein Schiff erahnbar, kann in Gedanken Fahrt gewinnen. Deshalb sollte die Präsentation der Segel auf dem Deck nicht länger herausgezögert werden. Das Gedicht muss nun endlich vollständig erscheinen. Störgedanken geraten dazwischen.

Der Tisch, an dem ich schreibe, wird umgeworfen. Ich halte schon ein Tischbein in der Hand, zerre an ihm und wuchte ihn um. Die Tischbeine ragen nun in die Höhe. Zwischen ihnen nehme ich Platz und plane eine Reise, Ozeanüberquerung im Stillen. Zwischen den Beinen mache ich vier Flächen aus: Die Fläche, auf der ich stehe, ist die fünfte, mit meinem Körper stosse ich durch die sechste Fläche hindurch, blicke hinauf zur Decke des Zimmers und der Blick fällt auf das Fenster. Der anonyme Dichter beschreibt das Aussehen der Frau, die er liebt, wie er, die Verfasserschaft selbst aussieht, teilt er nicht mit. Aus den Vergleichen, die er zieht, wenn er sich als Wassermann betrachtet oder mit einem Pilger vergleicht und sich vorstellen kann, wie Lancelot im Tal der treulosen Liebhaber zu kämpfen, lässt sich nichts folgern. Dazu sind die Vergleiche zu disparat, changieren zwischen Pilger und Verbrecher, Pestkranken und Seemann, Salamander und Schmetterling. Was für ein Verhältnis hatte er zu seinem Körper? Sein Atem, die Pausen, die er in den Versen setzt, sind gekonnt, souveräne Schnitte, die er unvermutet platziert. Den Schwung ahme ich nach. Mit den Tischbeinen in der Höhe wechseln die Gründe (Unter-, Vorder-, Hinter-).

Bitter

Auf einer Fläche dieses Tischschiffs setze ich einen Bericht als Beiboot auf, daneben, auf einem anderen Schirm, ordne ich Daten als Silben, erwarte, dass sie in einen Gang geraten. Der Bericht endet mit einem negativen Fazit. Die Liebe, die der Dichter thematisiert, ist ~~kaputt~~. Die Vorstellungen, die er aufruft, sind so heute nicht verwendbar. Ich ersetze probeweise *Amor* mit *Ordnung: Meine schöne Ordnung, was bringst Du mir ein?* Wie das Wort *Liebe* führt auch *Ordnung* eine Schar von Vorstellungen mit sich. Dabei kommt mein Flachboot mit den vier Beinenmasten nicht vom Fleck.

Der Dichter folgt einem Muster, wenn er über Liebe schreibt. Es kopiert, verbindet Formen der höfischen Liebe, christliche Erwartungen und Tristanlust miteinander. Er dichtet über die Liebe, indem er frühere Dichtungen und deren Muster des Fühlens und Denkens kombiniert und in eine neue dichterische Form übersetzt. Er setzt die Welt, die Religion, die Natur auf seine Seite, wenn er Gerechtigkeit gegenüber der Geliebten sucht. Wir werden von der Ungerechtigkeit getragen, sie ernährt uns, innerhalb dieser Ordnung verhalten wir uns angemessen, nur dass dieses Mass nicht rechtens ist. Über ihn sollte ich nicht schreiben, ohne sein Mass zu kennen. Sein Mass kennen, das heisst nicht, es zu übernehmen. Ich nehme zur Kenntnis, dass er über die Liebe schreibt und dazu Formen verwendet, die damals zum Repertoire der Dichter gehörten. Eines ist sein Versmass, ein anderes das Muster, in dem er befangen ist. Lässt sich das so trennen?

Sein Verhältnis zur Liebe. Das Wort *kaputt* setze ich dazu, scheue aber davor zurück, die Worte *sein, Verhältnis, zur, Liebe, ist, kaputt* in einem Satz zu formulieren. Nicht der Respekt vor ihm, den ich nicht kenne, hält mich davon ab, auch nicht die Tradition oder die Texte, aus denen er kopiert, Wendungen übernimmt, wenn er über Liebe schreibt, sondern das Wort *Liebe*.

Ich exponiere mich, wenn ich versuche, seinen Mustern, über Liebe zu schreiben, gerecht zu werden. Dann veröffentliche ich etwas, das einer bestehenden Form nicht gerecht wird, damit zeige ich, dass ich das Mass nicht treffe. Also entspricht das meiner Lage, der unverhältnismässigen Lebensqualität, die uns wohl erhält, aufgrund einer ungerechten Ordnung, meiner *Peleus-Lanze: Bedacht* schreibe ich, bedächtig, wie die Dame sein soll, die der Dichter anbetet, schlussfolgernd wie der Dichter, versetze mich in ein Dazwischen, das meine Bequemlichkeit legitimiert, lulle mich ein in einen Kompromiss, fühle mich wie die Dame Ordnung meines Selbstverständnisses mich umfängt und sichert. Ja, es geht uns gut, weil die bestehende Ordnung es gut mit uns meint, der Kreis, den die Versicherungen, Arbeitsschutzgesetze um uns bilden, Recht und Ordnung, die so schnell, wie die Zeitungen schreiben, ja nun nicht korrodieren, oder doch? Soll diese Angst mein Schreiben nun bestimmen, dass meine, unsere Sicherheit in Gefahr ist? Mit dem Wort *Ordnung* heble ich die ersten Verse zu mir ans Lebensegodeck.

Übersetzend möchte ich das lieber *Pflicht* nicht nennen. Weiss nun andernfalls nicht recht, was ich *Liebe* nennen soll oder was nicht, wenn ich das *Meer der Ordnung* übersetzen möchte und dazu die Regeln der Verse anlesen muss in Büchern von Gelehrten, die wie Kayser Diktaturen unterstützten. *Gefällt's wohl euch, dass unrecht ich soll sterben*? Was wird von mir in dieser Setzung sein, nichts als als Verfehlungen, dort, wo ich den Text des anderen verfehle, von mir gibt's dann nichts ausser der Ordnung, ausser der Pflicht, in meinem Versagen gegenüber dem Text doch nichts.

Meine schöne Ordnung, was trägst Du mir ein? Ich folge dir und du vernichtest mich, Steuern liste ich auf, und habe doch kein Geld, Verkehrszeichen beachte ich, lande doch im Krankenhaus, der Rechtschreibung folge ich, bin doch kein Dichter, anonym auch nicht, denn als vernetzt gelte ich, und bleibe dabei allein. Ja, ich mache *Carsharing,* Asthma hab ich gleichwohl, Biosachen kauf ich und bin stets allergisch. Wäre ich mächtig, alle Produkte wären ökologisch, doch nie erreich' ich, dass ich gut kann leben. Was ist mir vorzuwerfen? Dass ich schlecht spreche, schreibend Silben setze und Zeit aufwende, wenn ich alte Verse in diese Sprache übersetze? Ordnungshüter bin ich, sorge mich um das Gedächtnis, bin dem treu, vermenge das nicht mit modisch Aktuellem. Ja, den Vorwurf könnt man mir machen, dass ich mich sorge um dich, deine Vergangenheiten und dem, was so passiert. Nein, ich weich jetzt nicht aus in *Tally WeiJL*-Geschwafel, suche heute Helden, lass das Geklingel mit hippen Worten sein, erstmal, weil ich ja meine, dass in mir und dir etwas steckt, das ich könnt finden, dir und mir, es gut sein dürft, darum versuche ich es so. Meine liebe Ordnung, was wird aus mir, wenn du nicht mehr bei mir bist, wenn Recht und Pflicht mir übel wollen, ins Nichts mich stürzen, mich blöden Hüter, Diener, der zumindest daran glaubt, eines Fremden Worte recht zu übersetzen. Bin ich ein Opfer falsch gesetzter Worte von Kopisten? *Ordnung* durch *Liebe* zu ersetzen?

Wilhelminisch, diese Ordnungszeichen, der Rhythmus der Dienerschaft klebt an ihnen. Der Dichter ist dem weit voraus, überlegen kühn verbindet er durch Trennungen Gegensätzliches, und er nimmt auf, was er von anderen erfährt. Sicher kannte er die Artus-Sagen, eifert ihnen nicht nach, sondern integriert ihre Beschreibungen fabelhaften Könnens in sein Wünschen. Mir kommen Literaturgeschichten der Gegenwart in den Sinn, Anarchismus in New York, widerständige Dichtung in Boston, Erín in Neukaledonien, Sophie Heidi in Ouagadougou, Sampurna in Mumbai. Texte, Gedichte, Formen, die noch zu übersetzen sind, weitere

Möglichkeiten für mich zu scheitern, oder es weiter zu versuchen. Der Dichter hat selbst übersetzt, sich die Sprechweise des *Tristan-Thomas* angeeignet. Der Tristan-Dichter Thomas schrieb Französisch. Das Meer klingt dort wie das *Bittere* oder die *Liebe*. Die Isolde und der Tristan des Thomas-Dichters missverstehen sich. Tristan hört Isolde über das Bittere sprechen und glaubt, dass sie über das Lieben spricht, das ihr wie die Fahrt über das Meer so leidvoll ist, dass sie sich übergeben muss. Übersetzen ist ein Übergeben, ein Übergeben der Formen des Leidens anderer in einer Form der Sprache, die Leid übergibt, beim Übersetzen leidvoll ist, denn es wird nicht der Form des anderen gerecht, dabei verdient sie, dass ihr Gerechtigkeit widerfährt, dass die Liebe, die den Dichter eine Form für seine bittere Liebe finden liess, dass für sie Worte gefunden werden, die ihr entsprechen, die schön sind wie die Zäsuren, die der Dichter schwankend einsetzt in dem Gedicht als Schiff zwischen den Betonungen. Das möchte ich nicht aufgeben und den Text ruhen lassen; uns suchen, ein Leben und mögliche Übersetzungen zwischen diesem Leben und dem Leben der anderen, und so beginne ich zu schreiben, Silben zu ertasten zwischen den Zügen vor dem Fenster und der Maschine auf dem Tisch, gerate dabei in Silbenschlingen, die ich ordnen möchte, um mit der Maschine im Kopf und auf dem Tisch zu leben. Die Maschine läuft auch im Tristanprogramm. Ich muss mich erst den Zäsuren stellen, mich der Bewegung stellen, auch wenn es mich zerreisst, die eignen Wortbewegungen zerbricht, dass Schiffbruch dieser Text erleidet, das Wilhelminische auszeichnen, das meine Vorstellungen lenkt, es versetzen mit dem, was ich im Langgedicht finde, was die Übersetzung des Langgedichts wilhelminisch-friedricianisch-preussisch-stauffisch in mir bewegt:

Aufrufen lassen sich Vorstellungen von Friedrich dem Zweiten. Separat davon auch Vorstellungen von Wilhelm dem Zweiten. Adressieren lassen sich Orte und Begriffe, die mit beiden in Beziehung stehen. Sie überbrücken den zeitlichen Abstand. Adressen verknüpfe ich mit Orten, zwischen denen ich mich bewege. Ich versuche, sorgfältig Unterscheidungen zu treffen, und gemäss diesen Unterscheidungen Gespeichertes, Daten, Landschaften, Laufumgebungen zu aktivieren, hab zwar nur kahle Daten, soll gleichwohl andern, was ich habe, melden. So unterscheide ich zwischen mir am Schreibtisch vor dem Fenster und mir, einem Ich, das 2012 zu Pfingsten auf der Via Spluga unterwegs war und plötzlich an Friedrich dachte. Dieses Ich weiss nicht mehr, welche Bücher es dabei hatte. Es kann sich erinnern, dass eine Zeitung im Zug war. Dieses Ich kennt nun den Weg besser. In seinem Speicher sind der Weg und die Zeitung abrufbar, und dass auf dem Weg etwas über Nietzsche zu lesen war. Soll dieses Ich nun den Unterscheidungen, Bestimmungen nachspüren, zwischen dem, was es vor Jahren wusste und dem was es jetzt weiss? Bitte nicht, denn wir haben Mühe mit dem *drive*, diesen Formen von Entscheidungen, wir bleiben Friedrich treu, der ausser Sicht geraten, weg vom Fenster ist, und damit Vorstellungen von mächtigen Wesen, die etwas verändern können, durch Handbewegungen einen Tross anhalten oder beschleunigen können.

Die Vorstellung von diesem älteren Ich ist kleinteilig unterscheidungswütig, da bleiben die Sammellinsen Friedrich und Wilhelm fern, die Kreuzzüge und Salbungen des Heiligen Vaters und Bannsprüche, die Ansprüche der Theokraten. Diese Manöver werden vertretbarer, wenn zu dem damaligen Ich etwas Anderes tritt, ein Du, eine Chance zur Kritik, eine Verlockung zum selbstgenügsamen Präsentismus: Du und ich zwischen den Zeichen in einem Zustand, den ich aufrufen kann, wenn ich so schreibe, Worte zulasse, noch nicht präzisiere. Das Wort *Zustand* selbst bietet Platz für Bewegungen, für das Tollen in der Leere, als ob ein Weg Dimensionen besitzt wie eine Weide, auf der zunächst tollende Pferde den Blick an sich ziehen, dann Blüten, Kräuter, an denen Käfer krabbeln und Schnecken schleimen, verlockend nun die Bewegung der Konsonanten. Wenn ich versuche, Wilhelm dabei präsent zu behalten, drängen sich diskrete Zustände aus verschiedenen Richtungen auf, separieren den Zwischenraum mit lästigen Ortslinien und Zeitfasern. Sie schnüren ein, wenn sie nicht ständig beobachtet und in ihrer Relationalität oder wenigstens der Form ihres Erscheinens betrachtet werden. Ich kann zu Friedrich wechseln.

Der Wilhelm-Zustand lässt das zu, das mal zwei genommene I unterstützt das, führt seinerzeit klimatische Wechsel mit sich zwischen der brennenden Hitze in Apulien und der kühlen Luft im sonnigen Wilhelmshaven. Wenn ich von den Wegen erzähle, Friedrichs Weg vom Norden nach Süden über die Alpen, und unseren Wanderungen von Norden nach Süden, stellst du Fragen zu den Pässen und Reichen, zu Friedrich und Wilhelm. Du wendest ein, dass Wilhelm nichts dafür kann, dass jetzt Silben und Wasserfahrzeuge mit verbindlicher Technik, also einsichtig miteinander verbunden werden sollen. Den Bezug auf die II lässt du nicht gelten, da viele Zweite zur Auswahl stehen. Es ist nicht in Ordnung, dass ich nur, weil auch er ein Zweiter ist, ihm das mit dem Verbot der kleinen Boote unterschieben möchte.

Klar, es ist einfach, Wilhelm alles zuzuschieben: Flottenverlust, Matrosentote, Erdmassen verschieben, Landschaften verwüsten, rigides Silbenrasseln. Ich weiss nicht mehr von ihm als Gerüchte, die sich an Fotografien festsetzen, die ihn zeigen mit Federbüscheln und von Taubenmöwen verkleckerten Denkmälern in ungepflegten Parks. Ich möchte da etwas Antikes-Aristotelisches hinein bugsieren, einen Begriff von Wesen, und aktiviere dazu das Wissen um Wilhelms Hauslehrer. Das ruft Vorstellungen auf von Gelehrsamkeit, von Schleiermacher und Lehrern, die in ihren Restzeiten *Problemata* editieren, das soll ich besser bleiben lassen, die Kategoriensorgen auf mich selbst applizieren. Diese Applikation sollte ich unterlassen, nehm' ich mir doch nicht die Zeit, die *Kategorien,* das *Organon* zu lesen. Peitschen, hängen, köpfen, soll Wilhelm gesagt haben, soll man die Arbeiter, soll er gesagt haben im Berliner Kontinentalklima, eisig im Winter und heiss-trocken im Sommer, da sollen *mal mots* des Kaisers wiederholt, bewegt worden sein, die er zuerst in italienischen Städten geäussert haben soll, einem Süden, der immer wieder auch imperial deutsch gedacht wird.

Da verwechsele ich etwas, sagst du, weil ich vage Ahnungen, nicht reflektierten Schrecken mit ungenau Erinnertem vermenge, vielleicht nicht einmal Gelesenem, setze mich über das hinweg, was billig und recht gewusst werden kann, über die deutsche Kolonialpolitik, die Polizeimethoden, Verhörtechniken der Polizei damals beim Boxeraufstand, der Praxis der Missionare in Afrika und Papua-Neuguinea mit archaisch-mittelalterlichen Foltermethoden (Pfählen durch den Anus, in Käfigen hoch in der Luft an Kirchtürmen wie Glockenschlegel die Gequälten läuten lassen) mit Wilhelms Sehnsucht nach anderen Zeiten. Gut, so fair, das gestehst du mir zu, bin ich noch, dass ich das mit Verkrüppelung, dem Dackel und dem Fiasko seiner Flotte nicht dick auftrage. Aber einer wie er kann sich, wie alle Toten, nicht gegen solche Aufmüpfigkeit wehren. Hat er auch nicht nötig. Geschichtsvereine, Gelehrtenverbände und Parteien, die sich ihrer bedienen, setzen sich für ihn ein.

Für uns ist der Nahe Osten ein fernes Gebiet, das er, Wilhelm der Zweite, als Kolonialgebiet angesehen hat. Heute sind die Vorstellungen davon zersplittert worden durch die Geschichte der Zugriffe von seinesgleichen auf das Gebiet. *Seinesgleichen,* damit meine ich Machthaber, die sich mit peinlichen Zeilen, Liedversen in der Presse nach Gewalttaten feiern lassen wie der zweite Wilhelm nach der Niederschlagung des Boxeraufstands, oder wie Friedrich, der heute noch als feiner, vorbildlich gilt, auf einem Thron sitzt und Lieder entgegen nimmt oder Falken fliegen lässt.

Trompeten der blauen Jungs begrüssen Wilhelm und seinen Sohn beim Besuch im Hafen. Ich muss von ihm sprechen, wenn ich zu der Ordnung gelangen möchte. Damit ist nicht die

Strassenverkehrsordnung angesprochen oder die Hafenordnung, keine der Ordnungen der Gefährte und Vehikel auf den Land- und Wasserstrassen, sondern allgemeiner die Ordnung des Sprechens und Denkens. Sie drückt sich aus in den Gesängen, die deutsche Soldaten nach der Niederschlagung des Boxeraufstands gesungen haben und die in Zeitungen veröffentlicht wurden, die heute in Museen gelesen werden können. Wilhelm, der Kaiser hinter solchen Versen, reiste auf den Wegen Friedrichs. Zwei Zweite, die einzigartig Geschichte gemacht, Entwicklungen forciert haben, die zum Umbruch des Bekannten führten. Figuren, deren Namen Systeme plombieren.

Nun ist Wilhelm doch wieder da. Wilhelm bewunderte Friedrich, war begeistert von Folter und Zucht als Mitteln, kaiserlichen Willen durchzusetzen, Mittel, die nun als Willensbildungsformungsweisen in der Sprache mittels der Sprache begriffen werden müssen. Sie betreffen die Sprache von Macht und Gewalt und rufen nach anderen Formen, wie Menschen sich der Gewalt widersetzen können, ohne in die Fänge, in das Schlepptau der blossen Absetzung zu geraten, in der Imperialität gefangen zu bleiben. Friedrich bietet statt der W-Welle einen Mittelstrich, der sich auf die Zahlzeichen, die senkrechten Balken ziehen lässt. Eine Luftluke, Gitter zwischen Deck und Unterdeck bildet sich, indem ich zwei Sichtfenster ausmache, auf zwei Kästchen fokussiere und als Sichtfenster definiere, durch die ich Worte schicke, deren Silben ich zähle, um den Glauben an einfache Anordnungen nicht zu verlieren, auch weil es vergnügt, Silben als Papierschiffe aus dem Dock des Gitters Stapel laufen, im Hafenbecken der Zeilen schwimmen zu lassen: Macht der Kreischlaut Silben aus? Hat er denn Wucht, Schubkraft für die Seelensammlung im Mondlicht, die Freiraum suchen lässt über dem Gleismeer, im Taktgeschwader, vom Lärm Liedform fordert in der Netzbetriebsamkeit.

Eine Form der Auseinandersetzung bietet noch keine Gewähr, schafft keinen Halt in den stürmischen Bewegungen, die von den beiden IIern ausgelöst werden, den Schlachtschiffen, die sie bauen und lenken liessen gegen ihre Gegner in der Welt, in Akkon und Tientsin, gegen Kalifen und Boxer. Friedrich und Wilhelm, Gebieter über Wortverbände, verteilten erzürnt drastische Strafen oder schmollten, Wilhelm zumindest mit dem bedornten Helm. Die Welle seines ersten Buchstabens schreckt runenartig, als ob Teer an ihm klebt, drohende Telegramme, peinlicher Sekt und an Geschützen verkrüppelte Matrosen. Er befiehlt gern den Bau von Schiffen. Der Ordnung gemäss wird geduldet, wenn Matrosen in ihrer Restzeit diese Schiffe im Kleinen nachbasteln und in *Buddeln* als *Buddelschiffe* schwimmen lassen. In seinem imperialen Hafen, den Riesenlochbecken, das sein Grossvater von Regierungsräten planen und von Arbeitern ohne Malariaschutz ausheben liess, haben Fischerboote nichts verloren, Sportboote sowieso nicht, die gab es auch noch nicht, wie eine Ausstellung über Manfred Curry zeigt. Yachten, die der Kaiser oder der Geheimrat Krupp segeln lässt, oder die von Berühmtheiten wie Jules Verne gesegelt werden, schon. Jules Verne musste um eine Genehmigung ansuchen, als er im Hafen der kaiserlichen Marine anlegen, den Hafen Wilhelms besuchen wollte.

Von Untertanen wurde erwartet, dass sie als Arbeiter oder Handwerker, Maurer, Schmiede, an den Kanonen auf den Schiffen, auch Bäcker im Inneren der Schiffe dienen. Dazu hat Wilhelm erst Baracken, dann gemauerte Kasernen und Zeilen einfacher Häuser und dazu passend Kirchen und Lazarette in Auftrag geben lassen. Aber dass wir selbst ein Boot führen, wo wir doch dienen, beten und uns zerfleischen lassen sollten, das ist nicht vorgesehen, das ist unerwünscht. Das Berlin der Hohenzollern so nett da ist, wie es Moabit wie eine Insel umgibt, weil Berlin auch Gewässer, Kanäle hat, die zwischen den Zeilen der Häuser, Strassenschluchten zu suchen sind. Erst zerstückeln die Flüsse das Land, dann die Gebäude das Land so, dass man wieder den

Aufbau der Stadt zwischen den Flüssen suchen, folgern darf, so nett aus den Wasserwegen folgern, schliessen, aristotelisch folgern also kann in den Gaststätten auf den Inseln von Berlin oder auch dem Palermo der Hohenstaufer, dem Thusis und dem Chiavenna des Bischofs von Chur, wo ein oder kein gut sichtbarer Fluss die Bebauungen schneidet. Kannst du mir zwischen den Zigarettenkrümeln etwas aus den Flecken deuten?

Heh, was ist da kosmisch oder nicht? Aus den Silbenstücken will ich etwas folgern, da folgt anderes, Verbindungen, ein Meloskitt für oder gegen das zerstückelte Leben, eine Luftbarrenschanze für Astrokörperritte, die talmuden, sich einbalsamen im Schwung zwischen den Gravitationen. Die Gehsteigkrähen erschnappen müde fremder Menschen Gedichtverläufe. Bitte um etwas Metaphysik für den Eros der Enthaltung. Im Plotinbecken kugeln Einsamboote, driften hier und da zusammen, eine Dichterin sieht ihnen nach, bemerkt, wie ziemlich cool geturtelt wird *gleich wie die Granatblüte der Umkehrblum'*. Ebenso möchte mein Ich mit Silben turteln, gespürten möglichen Silbenketten folgen. Gleich Wind mir ins Getriebe, Gemülle, Gezelle bläst, brauche eine Teestunde in dem Lärmteer, züchte Pilze auf dem Pflaster zwischen den Vorglühresten.

Die Planke schwankt nicht. Ich rüttle an mir, lockere mich, atme tief und ermuntere mich, den Silben, Lauten zu folgen, schüttle Apostrophe aus dem Ärmel, misstraue nun Vokalen, zu deren Gunsten Konsonanten verschliffen werden. Die entsprechen nicht den Zügen vor dem Fenster. Die Züge werden den Silben, die verschliffen werden, ähnlicher bei grösserer Geschwindigkeit. In einem der Züge sitzen wir nicht in der Schweiz. Da werden nicht die Geschwindigkeiten angestrebt, bei denen die Farben der Wagons verfliessen. Mein Tischboot steht im Raum. Gleich werde ich es aufgeben, um den letzten Satz dieses Textes zu schreiben.

In den Wagons vor dem Fenster wird gesprochen, Filme werden geladen, die während der Reise von Zürich nach Genf gesehen werden können. Die Strecke nach Bern oder St. Gallen ist zu kurz dafür, jedenfalls mit den Intercities. Ich bau den Text noch um, gliedere ihn, indem ich die Verse des Gedichts als Kapitelnamen eines Inhaltsverzeichnisses auffasse. Bevor ich zur nächsten Seite meiner Übersetzung blättere, kehrt der Blick zurück. Am Ende der Seite stehen drei italienische Verse, am Kopf der Seite ein Block mit dem ersten Fächer italienischer Verse. Ich bleibe doch am ersten Vers wieder hängen und setze: *Zu lieben ist schön*, nein, *die Liebe ist schön, aber was soll aus mir werden?* Soll ich, muss ich über die Liebe so denken wie der anonyme Mensch, um seinen Worten gerecht zu werden. Ich will und kann so nicht Liebe denken, fühlen, derart zwischen Mustern mich bewegen, zerreissen lassen, Zerstörung zulassen, das Schiff scheitern, zerberstend denken, auf dem Felsen verletzender, zerstörerischer Formen zerbrechen zu lassen, so kann ich nicht in der Liebe sein, an fremden Worten klebend, Reime suchend. Schlicht dicht' ich, was mir einfällt, nein, ich dicht' das nicht, sondern schreibe schlicht, was so zur Liebe geschrieben werden könnte.

Von mir und von dir, ohne Kaiser, ohne Krieg, sondern schlicht, was so zu sagen ist, von der Liebe in der Welt, in der wir sind, zwischen Takten, Daten, Zügen, Plänen, die andere setzen. Heute morgen hast du Seele mich geküsst, gestern hast du mich geküsst, vielleicht küsst du mich morgen oder heute Abend oder gleich, wenn wir uns treffen. Finden wir Zeit zwischen den Vorbereitungen unserer Abfahrten und Vorhaben? Finde ich einen Ton für unsere Liebe? Der Dichter drückt bereits im ersten Vers eine Spannung aus, einen Bruch zwischen Schönheit und Zukunft. Aus diesem Bruch entspringt eine Behauptung und dann eine Kaskade von Vergleichen. Da möchte ich mich doch nicht einschwingen, denn das, was er der Geliebten zuschreibt, das schreibe ich der Welt zu: *Meine schöne Liebe, was wird aus uns, wenn wir so weiter leben müssen*, die Kraft uns fehlt, wir uns nicht entscheiden?

Nun bin ich hier schon bei den Zügen, den städtebaulichen Massnahmen, den Verhältnissen, die unser Zögern mitbedingen, nur mitbedingen, weil wir glauben, dass wir selbst entscheiden können. Dieses Grundgefühl, der Glaube, dass wir selbst entscheiden können, wie wir leben möchten, das suche ich bei dem Dichter. Ich traue ihm etwas zu, dass ich den Dichtern am Hofe Friedrichs nicht zutraue, und zwar Gerechtigkeit. Ist es Gerechtigkeit oder ein anderes Mass, an das er sich halten kann? Entwickelt er auf der Suche nach diesem Mass die neue Versform mit den beweglichen Zäsuren? Kommst du mit zu ihm, fahren wir zu ihm? Wir können ihn in der Gegend von Lucca suchen. Er verwendet das Wort *nimmo,* das seine Sprechweise in Lucca verortet, aber nicht in Florenz. In Florenz könnte er allerdings geschrieben und sich dort diese sprachliche Eigenart bewahrt haben.

Auf diese Reise müssten wir uns vorbereiten, uns den Marktplatz in Lucca oder Florenz vorstellen, nachlesen zum Beispiel, wie es auf dem Marktplatz in Florenz war, als öffentliche Vorträge über Dantes *Komödie* gehalten wurden. Der anonym gebliebene Autor schrieb allerdings vor Dante, vielleicht kannte er Guido Cavalcanti. Cavalcanti waren wohlhabend, der anonyme Dichter vermutlich nicht, denke ich mir jedenfalls. Denn er argumentiert unklassisch fordernd und frech. Doch nicht so frech, wie wir im Alltag sind, wenn Muster, Kanten, Eisen uns bestimmen, Schienentrassen in uns bahnen, auf denen wir Argumente rollen lassen, Beschwerden als Geschütze rangieren, prallen, stossen lassen. Könnte ich mich von den Zügen lösen, an Schiffe, Boote denken, über Wellen driften, Strömungen, die mit Winden hier und dort hin tragen, Resultanten bilden zwischen deinem Willen und meinem, die Schienen vor uns, die Gleise vor dem Fenster verlassen? Schreiben, singen wir uns fort! Doch dazu müsste ich lesen und Ruhe finden. Immer muss ich lesen und Ruhe finden, dazu recherchieren, wie denn recht zu träumen oder fort zu fliegen wäre oder hier über die Liebe gesprochen werden kann, als ob ich am Steuer stehe, über das Schiff befehle. Naja, da bewerte ich als Kartograph die letzten Zeilen des Gedichts. Der Dichter droht der Geliebten und ich lese das als Impuls für eine Selbstermächtigung. Der Liebende fordert Gerechtigkeit von der Geliebten und reklamiert Naturgewalten als Exekutive. Ich beuge mich den Diktaten des Klimawandels, trenne Müll, stelle *Kiva*-Kredite zur Verfügung, wir diskutieren und nehmen uns keine Zeit, um zu demonstrieren.

Und das denke ich ständig, dass ich mir, wir uns, Zeit für die Welt nehmen, nicht nur für unser Leben in der Welt, sondern Zeit, um zu verändern. Denn wenn es anderen schlecht geht, dann kann es uns nicht gut gehen, uns kann es erst gut gehen, wenn es anderen gut geht. Dem Dichter geht es schlecht. Er fragt sich, ob er etwas verbrochen hat: *Und dies sage ich des Nachts und am Tage, so wie der Sünder spricht das Vaterunser; dies sei die Beleid'gung, dies ist die Anklag.* Wir klagen uns selbst an, weil es uns gut geht. Es geht uns recht gut. Wir können meckern über dies und das, uns geht es dann auch schlecht. Wenn wir näher hinsehen und sprechen, dann geht es uns sehr gut im Verhältnis zu den Flüchtlingen oder auch zu dem, was in Europa, Deutschland, Wilhelmshaven, dort im Aussenlager des KZ Ravensbrück stattfand, erst kürzlich. Meine Mutter hätte die Schreie noch hören können, mein Urgrossvater auf der kaiserlichen Werft noch gesehen haben, wie die KZ-Häftlinge gequält wurden, durch Schwerstarbeit ermordet wurden.

Zäsuren

Silben tragen fort, anders als Fenster geben sie keinen Einblick, sondern nehmen mit oder weisen ab. Schreiber fügen Verse und Silben hinzu, verändern das Gedicht. Es erhält im Laufe der Zeit mehr Worte. Sie verändern das Versmass, verschieben die Zäsuren, die Lesart des Gedichts verändert sich. Da wir an dem Netz kauen, dem Geflecht der Dichterlinge, der Dichtkunst, gut Gestricktes bewundernd meckernd in den Schnabel nehmen, benutzen wir unsere Lippen leiselesend nicht, wenn wir nuckelnd Salz herausziehen, dann wagen wir uns faulig an bitter schmeckende Stellen, beissen keck Brocken aus der Mauer in der Hoffnung, ein Bisschen Überlebenshilfe zu erträumen mit historischer Teilnahme, etwas zum Aufbewahren, später damit etwas anzufangen, zu veräussern.

Wollt ihr der Philosophie die Zeit zerbröseln? Dann stellt bitte Sinnbecken für Klempnerdienste zur Verfügung, um Identitätsfragen abzupumpen. Wir hängen derweil Dichterinnen an den Zehen, saugnäpfeln deren Werke, hoffen, aus der Kummerlingerei ein Kokosfloss zu basteln. Glück und Stück und Sinn und fein, das darf doch wohl was für ein Liedchen sein? Ich glaube, sause, braus uns einen Notfallplan, den wir doch brauchen gegen Lärm wie den Blick zum Mond.

Schreiben, nicht Schreiben? Ich entscheide mich: Der Text ruft, meckert mit mir, klappt meine Vorstellung von ihm zu, Korrektheit imperatieft, dass ich fürchte, dass auch meine Texte, dieses Strömen, Kaskadenausbrechen, schlecht behandelt werden wird' von Übersetzenden, Lesenden, die übersetzen wollen, schnell fort wollen von einer Seite auf eine andere. Kann derart, dieser Weise, mit den Silben, so ein Textstück glücken? Ich will ja auch gut übersetzt werden. Sie sollen dabei nicht mit dem, was aus mir so kommt, ruppig umgehen oder lieblos, weil sie Unverständliches in der Hand halten, das sie fortgeben wollen, aber nicht können, weil sie übersetzen müssen, weil es ihnen zu treuen Händen gegen Bezahlung oder Überredung anvertraut worden ist von Auftraggebern.

Den als Unmenschen altbewährten Kaiser nehme ich als Trittbrett an die Brust, wühl in seiner Geschichte, die mit meiner Geschichte in der Hafenstadt im Norden verbunden ist. Schmieg mich dem Wahn an, setz mich Wünschen, Ordnungsphantasien aus und halt dazu den Text des Fremden, des Dichters des Liebesmeers, entgegen. Wilhelm schwebte in Berlin bei Moabit Mesopotamien als Kolonialgebiet vor. *Prosit!* ist vom Kaiser zu hören, auch der weiss, wo die Russen sitzen. Er ist zu aller Zeit der deutsche Kaiser, plant die Beschiessung New Yorks von Long Island aus und hält es für sinnvoll, die islamische Welt unter sein Kommando zu stellen. Von seinen Generälen wird einer das *Liebchen in der Liebenburger Tafelrunde* genannt, der Kaiser zieht Frankreich als Lockspeise vor, die ihm auch als Alt-Burgund schmeckt. Im Silvesterbrief spricht er von *Galliern, Tütü Moltke* ist auch ein Name. Es wird U-Bootgekriegt. Abschiedsgesuche werden abgelehnt, die Antwort mit Maschinengewehren auf das Pflaster geschrieben. Die Verse des anonymen Dichters haben Zäsuren, die zwischen zwei Haupttönen liegen. *Wikipedia* rät, das Lied der *Mignon* aus Goethes *Wilhelm Meister* anzusehen.

Ich warte ab, lass das mal so stehen, was ich recherchiere, das, was ich in der *Hamburger Ausgabe* oder der *Kleinen deutschen Versschule* von Wolfgang Kayser finde, die in Lissabon entstand, während des Regimes Salazars in Portugal, und während in Spanien Franco regierte, mit dem die Zeilen verbunden sind, ich verbinde: *Als die Liebe aufhörte und der Faschismus begann.* Kayser veröffentlichte *Das sprachliche Kunstwerk,* eben keine *Anthologie der Abseitigen.* Was schreit im Gleismeer? Braucht jemand da etwas? Das auch nicht entsteht durch *copy* und *paste* und Zustandswechsel gemäss einem Rezept, das keiner kennt, und auch wenn einer es kennt, es überzeugt auch nicht, dass ich dir etwas sein möchte, die du, der du, das du, das mir etwas bist. Pflicht, gerne würde ich zur Sprache, zu Gedanken finden. Ich will nicht in den Schwung von dir zu mir, meine schöne Ordnung, *wenn ihr denn ein Herz sehr viel härter hättet, als ist dem Wesen gemäss der Diamant, se voi aveste il cuor più duro assai com' àe lo dïamante per natura, wenn ihr denn ein Herz hättet sehr viel härter als ein Diamant, dessen Natur* nicht so ist wie das Geld, das vernichtet wird.

Sie bewerten das Verhältnis der Währungen zueinander, gegeneinander in diesen Tagen öfters um. Wir befürchten, dass unser Geld nichts wert sein wird. Wir wissen allerdings auch nicht, was unser Geld jetzt wert ist. In Eisen legen wollen wird der Kaiser die anderen und uns und deshalb unterstützte er die Nazis nach der Abdankung. Zuvor ist er bestürzt, weil ihn das Volk, die Soldaten nicht so lieben, wie er möchte. Er muss abdanken, bestätigt den Zweifel seiner Eltern, *der weise Dädalus in alter Zeit wusste, lo sag[g]io Didalùs anticamente, verstand der weise Dädalus einmal früher*, die vergeblich versuchten, ihn humanistisch zu bilden. Der Sattel, auf dem er im Stadtschloss am Schreibtisch sass, sollte seinen Rücken stabilisieren; an seine Herrschaft erinnert ebenfalls das Steuerrad, das aus der zerstörten Yacht des Kaisers gerettet wurde, von der Yacht gerettet wurde, denn das Rad war aussen, auf Deck, nicht unter Deck angebracht.

Willy-Nicky, das klingt nach einer Freundschaft zwischen zwei Vettern. Ihre Blutsbande werden durch die niedlichen Namensendungen federleicht, ihre Politik verliert den Charakter des vandalisch-technischen Navalismus, der Herrlichkeit der Heere, *zum Fisch gemacht, der schwimmt in deren Meere, sì come 'l pesce che sta indel gran mare, in deren Meer ich dann euer Fisch wurd'*. Die Schaffung des vom Adel geführten Heeres als Machtinstrument war des Grossvater W's, dem König mit einem I (W I 1798-

1888) einzige eigenständige politische Entscheidung; sie hatte negative Rückwirkungen auf das Sozialgefüge Deutschlands, man möchte denken, dass die Gaskammern und die Folter und die Grausamkeit – Säuglinge an der Wand eines LKW's totschlagen – eine Folge dieser Entscheidung waren, die *Monokausalität ist ein Attraktor.*

Seit 1853 war Wilhelmshaven preussischer bzw. deutscher Kriegshafen. Von den Soldaten soll zu hören gewesen sein, dass der Kaiser ihnen eigentlich ganz gleichgültig sei. Die Soldaten, die mit den Schiffen transportiert werden, singen Lieder, die sich reimen. Sie werden im Reich durch Zeitungen verteilt: Wie sie für den Kaiser den Chinesen Arme, Beine und Köpfe abschlagen, spalten. *Daher wie das Chamäleon so bin ich, onde i' son sì com' è il camaleone, deshalb so wie das Chamäleon bin ich.* Ich habe so etwas in einer Vitrine im Schifffahrtsmuseum in Carolinensiel gelesen. Ob jemand ein Stipendium auslobt, das genauer zu recherchieren?

Bittelbettelei, dass meiner Worte Ordnung gefördert werden möge von der öffentlichen Hand oder von jemandem hoch wohl Vermögenden, den ich beeindrucke, *mein Herz erniedrigend; und mir gilt's auch nicht, umilïando il me' core* [*inver' voi*]*; e non mi vale, mein Herz verletztet ihr; und nicht mir währt es.* Nein, nicht berechenbar und einsichtig sollen die Förderungen und Zusprachen der Stiftungen, Kommissionen sein. Aber können sie etwas fördern, was sie in Frage stellt? Sind sie doch eher pelikanartig? Töten ab, was nicht in ihre Richtlinien passt? Nur gibt es keine mehr wie zu Kaysers Zeiten der Ordnung des *sprachlichen Kunstwerks.* Ich möchte dem Text des Anonymen gerecht werden, der eine Ordnung hat, die sich kundig erschliessen lässt. Bei meinen Bewegungen durch den Text verschieben sich die Schichten, Flöze im Gestein, auf dem ich trällere im Kaiserton, oder nein?

Ich erschliesse Schichten von Richtlinien, denen gemäss meine Übersetzung beurteilt werden kann: Sinn, Rhythmus, wandernde Zäsuren und dann die Bilder, ihre Übersetzung in heutige Gegegebenheiten, ich nehme mir Freiheiten, Pathos und Silbengeschlängel, das der Ungeduldige in die Welt setzt, weil er mit den Worten anderer nichts anfangen kann: *All stattdess' mit rechter Waage hat gemessen; anzi pesò colla bilancia dritta, stattdessen sie alles mass mit rechter Waage.* Kausalität ist ein Zustandswechsel? Unsere Form, einen Vorgang zu verstehen? Frequenzanalyse wird visualisiert durch Balken. Wenn ich das Wort höre, staben Striche. Frequenzanalyse ist doch was! Du lachst diskret. Durch die Filter schicken Gedanken Silben, füllen die Zelle als Nest von Schwalben, die auch um Widerstände schwirren. Heute sind Handlungen gesucht, die den Mikrobereich, das Biedermeierensemble gestalten und für Veränderungen, Anpassungen, Massnahmen adaptieren, modifikabel machen, das Biedermeierzimmer, die Zelle, die längst gesprengt, zu einem Gitter geworden ist. Es gibt keinen geschützten Binnenbereich, keine Ruhe vor dem Wirsindwer, *es hätten Tullius und Orpheus nicht die Kraft; n'avreb[b]e briga Tulio ed Orfeo; es hätten Tullius und Orpheus die Kraft nicht.*

Das Wir lässt nicht zu, dass ich mir Zeit nehme, gönne für das Studium. Warum nicht, nehme ich mir nicht die Zeit? Das Gedicht habe ich 2008 zur Kenntnis genommen, acht Jahre später, drei Übersetzungen weiter, kann ich noch weitere Jahre in Übersetzungen investieren. Macht doch nichts, kostet doch nichts, ausser Lebenszeit, und es ist ja nicht so, dass das schlimm ist, nicht so wie die Gewächse und Fabelwesen, die der Dichter erwähnt, *Rhamnus, Basilisk, Jaspis,* sondern eher etwas Gutes, das rede ich mir ein, dass das Gerede von Investitionen sich verliert und die Qualität der Auseinandersetzung zunimmt, je länger ich mit dem Text jongliere, weil ich mich ihm nähere, das ist doch etwas? Wenn denn mal jemand etwas von Haien singt, hebe ich Karten.

Von den Toten kann ich nicht sprechen. Ich höre nicht, ich sterbe nicht; aber ich lebe auch nicht, gehöre aber zu den Lebenden, so sagt man, denn ich atme. Sagt man mir, aber was sagt man nicht alles? Also ich atme, aber ich lebe nicht. Vom Leben sagt man, dass es besonders ist. Mein Leben ist nicht besonders. Es ist schön. Aber das merke ich nicht. Ich habe zu viel zu tun, um zu merken, dass es schön ist. Ich habe zu wenig zu tun, als dass ich nicht bemerke, dass ich nichts bemerke: *Und von der Erkenntnis seid ihr der Schlüssel, e de la canoscenza siete chiave, und von der Erkenntnis der Schlüssel ihr seid.* Treffen wir uns also nicht, *a deux alors?* Wir sind nichts, Versuch einer Faltung, das geht noch, String, Saite ist schon wieder neopathetisch. Immer alles klick und dreck weg, wecke weg wegen des Peinlichkeitsgraphen.

Ohne Verpackungskathedralen entwirft Taurus, schiefe Mützen wirken edler, *ihr erscheint als Göttin des Liebens, und vielmehr noch als die Klarheit des Sterns, der den Tag zeigt, e ben parete dea d'amare, e meglio che la chiarita stella de la dia; ihr erscheint als Göttin des Liebens, und heller ihr schimmert als der Stern, der in den Tag führt.* Kunst gestattet, dass die Vertreter der Ordnung feiern, was neben der Ordnung liegt. *Das sprachliche Kunstwerk* des SA-Manns lässt das nicht zu, ermöglicht jedoch Befreiungsschläge. Friedrichs *Strukturen der modernen Lyrik* nicht. Die versetzen die Leser auf einen Startplatz in Vehikeln, deren Tauglichkeit sie selbst verantworten, stellt keine Gurte bereit, bevor es losgeht zu Klippen, Schiffbrüchen, Zäsuren: *Die Lieb' ist schön für mich, nun wie ergeht's mir? Gefällt's euch doch, dass ich zu Unrecht soll sterben.*

Nach dem bizarren Tod des als Tänzerin verkleideten Generals von Hülsen-Haeseler in Donaueschingen, ringt der Kaiser um Fassung. Graf Kuno Moltke hat den Spitznamen *Tütü. Tütü Moltke,* heisst er im Volk, dem Wir der Anderen, zu dem das Wir, das Ich des Kaisers sich strafend, tadelnd, folternd, zuweilen wenn es Soldaten waren, lobend sich verhielt.

Philipp Eulenburg ist der *schwarze Reiter, der zur Seite des Kaiserlichen Wanderers war, als dieser auf den Irrweg einlenkte,* wie Holstein über Eulenburg so die Hofgesellschaft Markes über Tristan, ihn nach Irland hetzte, Isolde als Braut zu werben, deren Onkel Tristan zuvor erschlagen hatte, Himmelfahrtskommando, Hochseefahrt, U-Boot-Getauche seiner Zeit, das Tristan perfekt managt und dabei den Hofstaat, die Intriganten gegen ihn, als Geiseln mit sich führt, *gleich den Granatblüten der Umkehrblume come la fior di grana flore inversa, gleich den Granatblüten der Blume Umkehr.* Wilhelm's Tristan war *Opfer eines Wiener Bademeisters, der für sein Schweigen 60 000 Mark forderte … als* dieser *die Unverfrorenheit besass, diese Summe unter einem Vorwand aus der Staatskasse zurückzuverlangen,* da war etwas los. Sing doch mal was, dass ein Lied sich formt und singt; kannst Regeln hüten, Freiheit in der Ordnung suchen, schaffen, dazwischen stoffen, mit den Fragen aus den Einsilbern gelangen, wie wohl sie doch so simpel sind: *Tütü Moltke,* das muss ich noch einmal schreiben. Ich schreibe es, ohne die Silben laut zu sagen. Die freundlich bewundernswerte, brustreiche Frau im Bad steht hier als Zeichen, ohne zu weisen, pausieren, hoffen.

Komm doch mit ins Stadtschloss. Mein Sattel hockt da, wir warten dort auf den Silbenritt im Marschton meiner büttenreichen Geschäfte der Lenkung des Turms der Elfenchristen. Des Kaisers rabiates Reden bietet ein Geländer in der Unsicherheit. Ruhe und Frieden denkt Bazon Brock als Intensität. Als Kind steckte Wilhelm in der Streckmaschine, mental gegängelt durch die Richtlinien von Georg Hanspeters Curriculum. Gott ist wirklich in sich selbst.

Wir lesen das auf der Liegewiese im Prinzenbad, beobachten Belzebubtiger, *mal sehen, was im Dschungel läuft,* haben etwas zu lästern. Gut geht es uns nicht in Syrien oder Berliner Chlorbädern oder der Kölner Caesarentropenstimmung jenseits ägyptischer Fronten, wie wohl in der Hand eine kostbare Seife aus

Aleppo. Abends gibt's bei uns Kategorienfrischgetränke (kohlensäurehaltig), wir trinken im Gedenken an die Kasernenkasinostimmung des Hohenzollern, flachsen etwas, das wir für Eulenburgliebchen in die Seel wir tun, ihr einen Sekt spendieren, mehr als einen Rheinländer!

Unser Ziel ist der zeitfreie Geist, das Ziffernblatt des *Big Ben* zu reinigen. Vier Männer rechnen mit fünf Tagen. Das Foto stammt von Toby Melville (Reuters). Der Keil des Gewecktwerdens, des Wachliegens des Wachbleibens des Nichtschlafenkönnens treibt Spannungen in die Ehe, das Silbengeländer leitet hinaus, bricht an der nächsten Baustelle ab.

In Wilhelmshaven wurden Hafenbecken ausgehoben. Unsere Wohnung ist eine verletzte Raumstation: lärmverletzt. Wilhelm misslingt, wie kann es anders sein, der Selbstüberstieg in ein gottgewolltes Kaisertum (mit Sekt gegen Briten und Gallier). Er spielt Schiffe versenken, Wilhelmshaven ist dabei ein Feld. Er droht mit Freundschaft und Schlachtschiffbau. Mit Augustin lernt er nicht *de videndo deo.*

Zeiten bezeugen gezeugte geistige Akte. Grüezi, haben Sie Beziehungstee, Glück für meine Blase? Wie kann sein, was soll doch nicht sein, dass du mir den Schlaf raubst nicht, weil du nicht für mich da bist, deine Bewegungen, dein Zittern, die Elektrizität deiner Haare, junge Pferde frisch allerhand rauben mir die Ruhe nicht, sondern das Gekreisch der Räder, Tieftonschwingungen im Haus. Ich presche zum Pfingstunfall, erkunde ihn als Ablenkung von Baugeräuschen, muss alerten, in das Matjeswasser steigen und Robbenträume küssen. Es ist die Bohrerwelt, sie zertrümmert die Geduld meines Blickes auf den Bildschirm deines Fingernagels nach dem Badeurlaub am Meer. Es stolpern die Gedanken in die Russen der Pflicht zum sozialen Denken hinein, *so wie der Löwe sein Junges auferweckt, sì come lo leon lo suo figliuolo, so wie seine Jungen aufweckt der Löwe.*

Plotinlagen schieben Vorstellungen von schönen Handlungen ein. Wilhelm war im Castel del Monte und in Jerusalem, spürte Friedrich nach. Es ist denkbar, dass Neuplatonismus immer noch strategisch relevant ist. Dieser Text verwendet Boethius als Strömungsanleitung. Herbert Schnierle (Kenteim) hat ein Bild von einer Burg aufgenommen in der Nähe von Thusis, die für Conrad Ferdinand Meyer relevant war, der Kaiser Karl den Grossen als Figur in einer Novelle verwendet, und ein Stück begann über Petrus vom Weinberg, den Dichter, der von Friedrich verstossen wurde. Meyers Stück über Petrus (auch *Vinea*) bleibt Fragment, die Schwester Meyers mit dem Namen *Betsy* hörte den formulierten Text. Fallen da die Worte *Kinderkreuzzug, St. Gallen, Aristoteles, Plotin, Boethius*? Das Wort *Laken*? Muss Sinnliches einfältig sein? Einfaltung der Vielfalt, was faltet sich in zwei Silben ein, was nicht lesbar oder hörbar ist? Laken, Kinder, Kreuzzug und die Kunst? Gott ist zeitlos, das Baustellengerät nicht. Es raubt uns Momente, wir haben deshalb keine Zeit. Prokolosdadashoppingmallmail, nur Stammeln und Stocken, von Zeichen zu Zeichen schwanken.

Goldtaschenschub wird vermerkt. Wilhelmshaven ist eine Stadt, in der keine Auseinandersetzung mit den kaiserlichen Absichten stattfindet. Die Monokausalität wird durch Empfindlichkeiten entzerrt; empfindlich sind die, die sich mit allem abfinden, mosern, dass es keinen Kaiser, Führer mehr gibt, der ihnen Kirchen und KZ's aufdrückt. Der Kaiser entscheidet allein, ohne Volksvertreter, das Militär wird für ihn zur Heimat beim Aufbau eines *Holy Reichs*. Bezüglich der Gartenschlauchwesen duften wir als Sprenkler polizeilich nett betriebsbereit. Es durchglänzt alles. Wahrheit erwirkt die dem absoluten Geist eigene Einheit oder ist diese *gefallend und an Liebe reich zum Küssen, piagente ed amorosa per basciare, erfreulich und an Liebe reich zum Küssen*? Dürfen solche Worte so in Versen verwendet werden, so in Wendungen gebraucht werden, um an der Wendung teilzunehmen: *Da eure Haare noch sehr viel blonder sind, ché li cavelli vostri son più biondi, da sehr viel blonder noch sind eure Haare?*

Consonantia diversorum diskutieren wir, wenn wir Silbenordnungen auslegen, kreuzen und entzerren. Wir setzen bei der Physik an, halten allerdings keine Fäden in der Hand, weil wir uns mittels Lautwendung entäussern. *Ich werde darum Rat beim Wahnsinn suchen, nachdem ich den Verstand habe vergessen, consiglio prenderag[g]io di follia, beim Wahnsinn werde dann Rat ich suchen, verloren den Verstand hab ich längstens.*

Meer der Liebe

Meine schöne Liebe, was wird aus mir nur?
Gefällt's euch doch, dass ich zu Unrecht soll sterben;
da ihr denkt, dass es der Ehre gemäss ist,
zu töten den, den ihr so gefangen habt,
wie der Vogelsteller fängt den Vogel,
und gleich mir auch betrogen sich findet
der Fisch im Glauben, den Köder zu erfassen,
den Haken genommen hat er so, dass er,
je mehr er flüchten möchte, umso weiter
verfängt er sich gegen seinen Willen;
und wer mit List fangen will jenen Vogel,
aus schaut er weiss und auch sanft zu sein scheint er,
der spürt den Brand, eine Flamme ihn befällt,
es speit sie dieser Vogel aus dem Schnabel;
die Barb' entschnellt so dem Meer, sie will fassen
das Leuchten eines Sterns, so sehr gefällt's ihr,
und gleich verstirbt sie ohne Schutz des Wassers:
Genauso glaubte ich, von euch auch Freud' zu erfahren,
doch seh' ich mich im Trug tödlich gefangen.
Da nun ihr mich so konntet fassen,
gefall' es euch bitte, mit mir zu verfahren
wie mit dem Vogel der Adler, er greift ihn,
und weh tut er ihm nicht, er hält am Herz ihn,
wie gegenüber dem Mädchen das Einhorn
so bitt' ich euch um Mitleid, eure Gnade,
so wie der Pilger es von Gott erbittet:
Es ist richtig, dass ich euch nie beleidigt,
ausser es sei denn dadurch geschehen,
dass ich euch liebe und noch treuer diene
als Assassinen dem Alten vom Berge.
Und wenn es nicht schon erobert worden wäre
das Tal der treulosen Liebhaber Morganas,
ich würd' es an Lancelots Stelle erobern:

Da viel treuer ich euch bin, weil ich euch liebe,
als gegenüber seinem Fellweiss ein Hermelin,
der, um sich im Schlamm ja nicht zu beschmutzen,
sich eher fangen lässt und sicher töten.
Bestimmt, wenn ihr für einmal könntet
so weit sehen wie die Hirschenwölfe,
was jenseits der Berge liegt, sehen klar sie,
dann würdet ihr eure schön’ Gestalt sehen
gemalt und versiegelt in meinem Herzen,
umrahmt von feinen Schriftzeichen, die sagen:
„Ich lieb’ euch, Göttin, mehr als ich Gott liebe,
und mehr als mir selbst bin ich euer eigen.“
Und dies sage ich des Nachts und am Tage,
so wie der Sünder spricht das Vaterunser;
dies sei die Beleid’gung, dies die Anklage,
die könnte gestellt, mir werden zum Vorwurf:
Ich sollte doch sterben in solchem Unrecht?
Ich glaube sicher nicht, ihr wollt mich töten,
ihr lasst mich aber so sehr an euch leiden,
dass kleiner Übel der Tod mir sein würde.
Und schon begonnen habt ihr bereits damit,
indem ihr mich vor euch habt knien lassen
so wie ein Kamel, wenn es wird beladen;
mit Leid habt ihr mich so gedrückt zu Boden,
dass hier ich nun nichts mehr tragen werd’ können,
vielmehr gerat ins Fallen ich mit allem;
und glaube nicht, mich je wieder zu heben,
so wie der Elephant, der einmal gefallen,
sich selbst nicht erhebt, nur mit fremder Hilfe.
Wie werd’ ich es machen, meine schöne Liebe,
wenn ihr, bevor ich fall’, mich nicht erleichtert?
Beim Wahnsinn werde dann Rat ich suchen,
verloren den Verstand habe ich längstens,
so wie der Strauss, der das Ei allein lässt,
nachdem er es mitten im Sand gelegt hat;
womit ich recht die Ähnlichkeit will bilden

zum Baum, der wegen allzu grosser Lasten
sich spaltet und verliert Blätter und Früchte,
und dann vertrocknet bis hinab zur Wurzel:
So will ich in liebendem Wahn dann schwer mich
beladen, bis ich sterbe an dem Gedanken,
da ihr mir nichts verschafft, es sei denn Schlechtes.
Auch kenn' ich nicht den Grund, aus dem es sein muss,
dass es euch missfällt, wenn ich euch liebe:
So werft' denn fort von euch die grosse Schönheit,
die mich besessen macht, wenn ich euch sehe,
so wie der Schmetterling, der stirbt im Feuer,
wenn ihn zieht an des Lichtes starkes Glänzen;
auch mindert euren Wert, mein Herz entflammt er,
des Nachts und tagsüber brennt es begehrend,
so dass ich glaub' zu sein ein Salamander.
Tut ihr es denn nicht, werd' ich darin bleiben;
es wird mir geschehen, was soll geschehen:
So denk' ich, wenn Narziss jetzt leben würde,
er sich an euch sofort entflammen müsste,
und nicht an sich selbst, wie er es tat damals.
Da sehr viel blonder noch sind eure Haare
als Gold oder die aulentinische Blume,
so bilden sie Stricke, die mich gefesselt halten,
und schön sind eure Augen wie die des Falken,
sie gleichen denen eines Basilisken,
der Gift versprüht, wenn er den Blick zuwendet;
die Brauen sind braun und geformt wie Bogen,
sie schiessen Pfeile, die in mein Herz treffen;
der Mund ist äusserst niedlich klein und farbig
im Rot der Rosen, die im Garten wachsen,
zu Trän' erweichend, an Lieb' reich zum Küssen.
Und sicher weiss ich, dass ich schon hab' gekostet
einmal zwar nur von eurer grossen Gnade;
und eine Peleus-Lanze war sie mir,
die solche Kraft besass durch ihr Verwunden,
dass beim ersten Schlag Leid und Tod versetzt' sie,

und dann beim zweiten Leben und Freud' schenkte,
so macht der Kuss von euch mir Todesqualen,
doch hätt' ich den zweiten, ich würd' gesunden.
Des Guten mehr tut mir auch euer Lächeln,
das Herz des Lachens könnt' ich überwinden;
den schönen Gesang, der mich bezwang tödlich,
dem Lied der Sirenen er ist so ähnlich,
ihr Schöngesang bringt den Seemann zu Tode.
Bedacht und noch vielmehr ist euer Sprechen,
auch frank und tugendhaft, höflich und weise,
so wie der Spiegel auch nicht könnte lügen
und recht gemäss der Ähnlichkeit berichtet,
so weckt ihr auf mich aus schmerzvollem Schlafen,
so wie seine Jungen aufweckt der Löwe.
Eure natürlich' Farb ist weiss und feinrot
wie Granatblüt' und die der Blume Umkehr
und ähnlich der Farb' im Muster der Schlange,
das meisterhaft gewirkt ist in der Malweis',
es stirbt daran sofort, wer sie nur schaut an,
so giftig wirken denn der Schlangen Farben.
Und eure Arme bilden einen Kreis mir,
wenn ihr geruhen würdet, mich zu umarmen,
dass sich'rer ich und viel freier mich halte
als im Kreis gezeichnet vom Negromanten.
Die Hände schöner als Gras von Palmchristus,
die Nägel, fein und grad sind und bezaubernd,
und an Gestalt übertrefft ihr alle Formen,
die je sind in Karminstein geschlagen worden,
ihr erscheint als Göttin des Liebens, und heller
ihr leuchtet als der Stern, der in den Tag führt.
Und da die Sonne, der Wind und der Regen
nicht sehr dem schaden kann, was schon umhüllt ist,
und ihr sehr viel schöner seid, als ich sage,
so bilden sie den Grund, dass um hundertfach
viel schöner das ist, was in euch verborgen.
An Wert ihr tragt einen Schatz, der ist grösser

als guter Rubin unter anderen Steinen,
an Freimut besitzt ihr mehr als der Schwertfisch;
und mehr unter die Leut' an Wohlgeruch tragt ihr,
als der Panther unter die wilden Tiere,
der Leopard hat denn auch nicht mehr Anmut;
und von der Erkenntnis der Schlüssel ihr seid,
dem tugendlich Verhalten seid ihr Quelle,
so wie die Sonne die Quelle des Lichts ist.
Um jetzt schliesslich Wort für Wort zu erzählen
von eurer schönen Zierd', dem überhaupt Besten,
es hätten Cicero und Orpheus die Kraft nicht;
und wenn die Natur Natur schaffen könnte,
hätt' anders als ihr seid, sie euch auch nicht gemacht.
Und so ist auch die Meinung all der Weisen,
dass bei euch beging keinen Fehl die Natur,
stattdessen sie alles mass mit rechter Waage;
und als sie euch schuf, bei jedem Element,
bevor sie dann fing an, euch zu erzeugen,
sie aufs Jahr, den Monat und die Woch' Acht gab,
auf Tag und Stund', den Punkt und den Quadranten
des vornehmsten der Planeten, der Sonne.
Sie sucht zwölf der Zeichen auf alle Jahre:
Also das Lamm, den Stier und dann die Zwilling'
und den Krebs und den Löwen und die Jungfrau,
die Waage und den Skorpion und den Schützen
und Steinbock, den Wassermann und die Fische.
An Bescheidenheit ein Lamm aus mir wurde;
zum Stier machtet ihr mich, Lasten zu tragen,
und dereinst zu einem Zwilling ich wurde,
als ihr entschlossen mich einmal umarmtet;
zum Krebs aber macht ihr mich allzu plötzlich,
wenn ihr mir befehlt, mich zurückzuziehen,
in grosses Ungemach aus grosser Freude,
indem ihr euch bedient des Löwen Herrschaft
hohe Jungfrau [...]
oder ihr haltet mir doch recht die Waage;

und wie der Skorpion seid bitte nicht mir,
erst schmeichelt er, dann bringt er tödlich Schmerzen.
Dann wieder seid ihr mir ein rechter Schütze,
und ich bin der Steinbock für euch gewesen,
mein Herz verletztet ihr; und nicht gefällt's mir,
dass zum Wassermann ihr mir seid geworden,
so ihr mich versetztet in bitt're Tränen,
in deren Meer ich dann euer Fisch wurd'.
Der Meister Planet und die sechs anderen,
in euch haben sie ihr gesamt' Vermögen gesetzt,
dass ihr der Liebenden seid Stern' und Spiegel:
Gefallen und edel Herz die Sonne euch gab,
der Mond euch Demütigkeit und sanftes Wesen,
Saturn den Stolz, hochgemute Gedanken,
der Jupiter euch Reichtum und Herrschaftliches,
der Mars Bestimmtheit und den verwegenen Mut,
Merkur den grossen Verstand und Wissenschaft,
die Venus Wohlwollen und grosse Schönheit.
Es ist deutlich, dass eure Person wird genannt werden
die Freud' über alle Freud' des Bewunderns,
der Herzen wert und des höchst' Gefallens:
Weshalb euch zieht auch jedes Herz entgegen
so wie das Eisen kehrt sich zum Magnet.
Deshalb so wie das Chamäleon bin ich,
das sich wandelt und die Ähnlichkeit annimmt
von jeder Farbe, vor der es sich ängstigt:
Denn ich zitt're mehr im Wind als die Blätter
aus grosser Angst, die ich habe und fürchtend,
dass ihr mich verletzt, weil ihr mich nicht beachtet.
Noch eifersüchtiger bin wegen Euch,
als der Papagei nicht ist wegen seiner Reinheit,
wenn ich sehe, wer mit euch spricht und schaut an.
Und ich wollte gerne, wenn es sein könnte,
dass ihr erscheint allen anderen Leuten,
so wie die Jungfrau Laida erschienen.
Und wenn denn ich hätt' eine kleine Barke,

die so wie jene war, die Merlin schenkte
der Dame von Avalon, hochwert sie war,
dass ich führe ohne Ruder und ohne Segel
so gut über Land wie über das Wasser;
und ich wüsste, ein Getränk zu bereiten,
ein solch' wie das, von dem trank auch Isolde,
um euch dann den Trank reichen zu können,
der Urteil und Verlangen eures Herzens
mit meinem Begehren vereinigen würde;
und so möchte ich jenen Apfel erhalten,
der Lebenskraft verleiht durch seinen Duft allein
dem Volk, das in der Fern' hinter dem Meer lebt,
das nichts isst, noch trinkt eine andere Nahrung;
dann würde ich mit euch in diese Barke steigen
und nie aufhören, übers Meer zu fahren,
bis ich mich jenseits der Meerenge fänd' wieder,
genannt sie wird der Arm des Saufi allseits,
„Niemand hier passiert" steht dort geschrieben,
weil niemand, der dort passiert', zurückkehrte;
dann würde ich sicher sein und ohne Argwohn,
so spielerisch in begehrlich Gefallen.
Da ich aber solche Macht nicht spüren kann,
dann möchte ich zumindest so fliegen, wie es
verstand der weise Dädalus einmal früher,
und wenn ich von dem Luccia-Gras hätte,
das alles, was verschlossen ist, kann öffnen;
und ich das Heliotrop hielt in den Händen,
bewirkt es doch, dass man nicht wird' gesehen,
so dass ich den Pfauengang machen könnte,
der wie ein Dieb im Verborg'nem lässt gehen,
ich meine Spuren überall könnt' verdecken,
wie der Löwe, der sie mit dem Schwanz zudeckt;
so im Verborgenem käme ich zu euch,
zu nächtlicher Zeit aus Furcht vor den Leuten,
und ich würd' euch von meinen Martern erzählen
in sanfter Weise und auf Knien gebeugt,

wenn denn ihr nicht ablehntet zuzuhören,
wie der Drache, der trägt den Namen Jaspis,
der verweigert, zu hören, wer ihn bezaubert.
Auch wenn ihr ein Herz hättet sehr viel härter
als ein Diamant, dessen Natur so ist,
müsstet ihr dennoch so demütig zu mir sein
wie der Pelikan zu seinem Jungen,
der, nachdem er es im Zorne getötet,
es mit Augen voll des Mitleids betrachtet
und denkt und sieht, dass er Schlechtes getan hat,
als er sein Eigen zerstörte, und ihn schmerzt es,
er hackt mit dem Schnabel die eigne Brust so,
dass sein Blut fällt über das tote Junge,
da steht es auf, erweckt vom Tod zum Leben.
Aber nun, da ich so nicht kann erzählen
in dieser Welt von meinem schweren Leiden,
muss ich also mich bloss schweigend verzehren
wie jener Baum, der trägt den Namen Rhamnus,
der Feuer aus seinen Nadeln lässt sprühen
und der sich selbst auf diese Weise verbrennt?
Das tät ich sicher liebend gern mit Freuden,
wenn ich glauben könnte, mich zu beleben
wie Phönix im Feuer [.........],
und ich würde singen vor meinem Tode,
wie der Schwan auch singt, wenn er muss sterben.
Da ich aber solche Macht nicht spüren kann,
so wähle ich die Natur des Ebers,
der wendet sich zu denen, die ihn jagen,
da lieber er in deren Händen will sterben,
als dass er auf der Flucht verletzt muss schmachten:
Zu euch als meinem Schicksal ich mich wende,
zu überleben oder vollends zu sterben.
Bin nun an den Punkt gelangt wie der Kranke,
der weder zu leben weiss, noch zu sterben,
aber um die rechte Gewissheit zu erlangen,
vor sich den Regenpfeifer lässt tragen:

Und wenn dieser ihn ansieht, dann überlebt er
wenn nicht, dann um den sicheren Tod weiss er,
wie wer sich die Zukunft voraussagen lässt
und sich im roten Haus dann wieder findet.
Recht ähnlich, scheint mir, ihr euch da verhaltet:
Entflammt mich in Hoffnung, blickt ihr mich nur an,
dass ich sicher bin, den Qualen zu entgehen,
und zu dem gelange, das ich erwarte,
so wie der Seemann in den Hafen gelangt,
vom Stern der Dämmerung sich leiten lassend
(dem wilden Menschen gleich werd' ich es machen,
der singt und lacht, wenn er schwer ist gepeinigt,
so hoffend, dass sich das Geschehen ändre
von schlecht zu gut und von Klage in Freude);
und wenn ihr mich nicht voll Mitgefühl betrachtet,
dann können mich nicht üblem Tod entwinden
die Allerbesten der Medizin Salernos.
Es wird der Verrat von euch sein so grausam,
dass daran müsst' sich entzweien der Himmel,
die Sterne fallen, die Sonne verdunkeln,
und das Wetter, es schickt Blitze und Donner,
es zerreissen die Bäume und die Gräser,
zerwühlt wird's Meer, und Erdbeben dann kommen,
die Herzen werden entflammt aller Leute,
Rache übend für solche grosse Qualen.
Ohne zu lügen, kann ich das schwören,
es doppelt sich und wird wachsen, mein Wille,
zu lieben euch und auch euch zu gehorchen,
so wachsen wird er wie die Zahl beim Schachspiel,
die wächst ja so, dass kein End sie kann finden.
Geschähe denn nicht allzu grosses Unglück
und riesiges Leid auch und grosse Sünde,
wenn ihr mich tötet, weil ich euch sehr liebe?
Euer Name, der Göttin wird gerufen,
der wird auf immer Judas genannt werden,
vergleichbar mit Judas, dem Juden, welcher

durch seinen Kuss verriet Jesus Christus.
Gott soll mich bewahren, dass ich muss sehen
so schmerzvoll einen Tag, wie jener wäre.
Geschähe aber dieses grosse Unglück
und würdest du's nicht wie der Thomas prüfen,
dann würd' ich schreiben lassen auf der Grabstell
einen Schriftzug, der würde es so sagen:
„Wer lieben will, dem geziemt es zu zittern,
so wie auf dem bitteren Meer der Seemann,
wer mir nicht glauben will, der muss selbst sehen:
Im Bittermeer aus Lieb' bin ich gestorben,
wie Nadrian und Kaedin nun tot sind,
doch acht' darauf, wer darauf hat zu achten."

Übersetzung von Nils Röller. Die Übersetzung orientiert sich an der Ausgabe *Il gatto lupesco e il mare amoroso,* a cura di Annamaria Carrega (Alessandria: Edizioni dell'Orso, 2000). Während der Übersetzung waren folgende Texte präsent: Johannes Bartuschat, *„Il mare amaro dell' amore – Autour du Mare Amoroso"*, in: Claude Cazalé Bérard, Susanna Gambino-Longo, Pierre Girad (eds.), *La mer dans la culture italienne* (Paris: Presses Universitaires de Paris Ouest, 2010); Andres Bosshard, *„Hörstürze und leise Töne. Akustische Gewalt in urbanen Räumen"*, in: Nicola Gess, Florian Schreiner, Manuela K. Schulz (Hrsg.), *Hörstürze – Akustik und Gewalt im 20. Jahrhundert* (Würzburg: Königshausen und Neumann, 2005); W. Theodor Elwert, *Italienische Metrik* (München: Hueber, 1968); Gottfried von Strassburg, *Tristan und Isolde mit dem Text des Thomas* (Herausgegeben, übersetzt und kommentiert von Walter Haug unter Mitarbeit von Manfred Günter Scholz, Berlin: Insel, 2012); Ernst Kantorowicz, *Kaiser Friedrich der Zweite* (Berlin: G. Bondi, 1931); Florian Neuner, *Moor (oder Moos)* (Ostheim/ Rhön: Verlag Peter Engstler, 2013); Olaf B. Rader, *Friedrich II. – Der Sizilianer auf dem Kaiserthron: eine Biographie* (München: Beck, 2010); Rudolf Simek, *Artus-Lexikon – Mythos und Geschichte, Werke und Personen der europäischen Artusdichtung* (Stuttgart: Reclam, 2012); Loris Sturlese, *Philosophie im Mittelalter – Von Boethius bis Cusanus* (München: Beck, 2013); das Wort *Velocità* möchte ich hier platzieren und einen wichtigen Ort im Kreis 5 nahe der *Gleisharfe* (Peter Weber) bemerken. Ausserdem danke ich Thomas Ravens (Berlin) und Barbara Ellmerer (Zürich) für Unterstützung.

Silbentreiben

Die Übersetzung des Gedichts bestimmt den Text. Die italienischen Worte bilden Mast und Segel, sie füllen sich mit Wind, der mit der Übersetzung des Gedichts ins Deutsche gebildet wird. Die Überfahrt ist böig, kein stabiler Zufluss von Antriebskraft wie von Benzin in einem Motor. Mast und Segel müssen mit dem Rumpf abgestimmt sein. Der Bau des Rumpfes folgt Vorgaben. Passen der Rumpf und mit ihm die Kammern nicht zu der Kraft, die von den Segeln eingefangen und durch den Mast auf den Rumpf übertragen werden, dann stimmt etwas nicht, taugt nicht, allerdings nicht generell, sondern in dem Mass, wie Spielraum für die Maststellung und das Steuer gegeben sind. Denkbar ist auch, dass Rumpf und Segel sich in Küstennähe anders bewähren als auf offener See.

Mast und Segel sind wiederholt bearbeitet worden. Es ist möglich, dass der Mast ursprünglich eine andere Form hatte oder dass es mehrere Masten gab, die gleichwertig oder sogar besser waren als der Mast, nach dem sich der Schiffsbau und die Kammern richten. Zum Mast blicken: Die Segel sind noch nicht gesetzt, liegen bereits an Deck. Sie kommen aus den Kammern, in denen sie gewoben worden sind und können nun angeschlagen werden. Wenn sie jetzt bereits aufgezogen werden, dann schlägt das Schiff um. Es muss erst zu Wasser gelassen werden.

Feld

I Ein Tisch ist eine Fläche, in die Felder eingetragen werden können.
I Ein Fenster ist ein Feld, in das etwas eingetragen ist, etwas kann sich aus dem Feld entfernen, etwas kann hinzukommen.
I Ein Blatt auf dem Tisch ist ein Feld, auf das eingetragen werden kann, was durch das Fenster gesehen wird.
I Ein Bildschirm (Datensichtstation) auf dem Tisch ist ein Feld, in das eingetragen oder gelöscht werden kann, z.B. was im Fensterfeld erscheint oder verschwindet.
I Bei einem Aufblicken vom Computer wechselt der Blick zum Fenster. Das Fenster kann in mehrere Felder eingeteilt werden, z.B. wenn der Blick aus dem Fenster zu den Kränen im oberen Drittel des Fensters wandert oder zu den Zügen, die im mittleren Drittel des Fensters erscheinen. Folgt der Blick den Dächern der Züge, die in den Bahnhof hineinfahren oder folgt der Blick den Dächern der Züge, die in den Westen fahren, in beiden Fällen verschwinden sie aus dem Blick, verlassen das Feld. Der Wechsel von einem Feld zu einem anderen Feld der Wahrnehmung ist ein Zustandswechsel.

Zustand

Ist die Weise, der Modus, in dem sich etwas befindet. Wird etwas bemerkbar, z.B ist etwas ungewöhnlich laut vor dem Fenster, dass der Blick vom Bildschirm, dem Vers, der gerade am Computer übersetzt werden soll, aufschreckt, dann tritt ein Zustandswechsel ein.

Zeichen

Meine schöne Liebe? Wieviel Striche stehen hier?

Erín Moure platziert in dem Gedichtband *Der Fall* auf einer Seite IIIIIIIIIIIIIII und setzt das Wort *ervinhas, Gräser* hinzu. Sind IIIIIIIIIIIIII siebzehn oder zehn oder IIIIIIIIIIIIIII Zeichen?

Wähle die römische Methode: Fünf Balken zählen, dann einen Querbalken zeichnen. Adaptiere dies beim Abzählen von Strichen, die bereits gezeichnet sind. Zähle fünf und ziehe dann eine Diagonale, die vom Fuss des ersten Strichs zum Kopf des letzten führt. Nimm ein Hilfsmittel, z.B. eine Visitenkarte, taste Zeichen für Zeichen ab. Sie stockt und verrutscht beim Vorwärtstasten? Zwischen dem achten und dem neunten Balken? Du musst radieren? Dabei reibst du auch die gedruckten Balken aus? Wechsle erneut die Methode: Kopiere und vergrössere die Seite, auf der das Gedicht steht.

Striche zu setzen, in einem Buch 15 Striche nebeneinander zu platzieren und diese zu einem Gedicht werden zu lassen; das setzt eine besondere Fähigkeit voraus. Sie hat sich zur Exzellenz entfaltet, wenn 15 Striche etwas halten, zum Beispiel das Versprechen eines Gedichtes, das einen Kontext gefunden hat, der 15 Strichen eine Qualität verleiht, die das Verhältnis zur Sprache verändert. Schnell wird ein Strich als Stellvertreter für etwas anderes, für den Lärm oder für Tristan. Das Ich hingegen widersetzt sich der Reduktion auf einen Strich.

I Auf das Englische muss erst einmal verzichtet werden, damit auch auf *Moures* Gedichte. Warum die Zeitgenossin aus der Zone der Aufmerksamkeit nehmen, ihn, den Kaiser, den längst gestorbenen aber nicht?

Tristan einsetzen

Der Text des *Mare* ist in einem Manuskript (Riccardiana 2908) überliefert, manche Stellen sind unleserlich. Sie sind durch Punkte markiert. Der Text enthält Worte, die heute niemand versteht, z.b. das Wort *dittanza,* oder Wortverbindungen, deren Sinn nicht entschlüsselbar ist, obwohl die Worte bekannt sind, z.B. *Luccia-Gras.* Ist damit ein Gewächs gemeint, das mit der christlichen Märtyrerin Luccia in Verbindung steht? Sie wurde von ihrem Sohn verraten und soll in kochendes Blei getaucht worden sein, wobei sie gesungen haben soll. Vermutlich wich der Schreiber des Textes von der Vorlage ab, indem er Versen Erklärungen hinzufügte. Diese Verse haben mehr als elf Silben. So fügte er das Wort *Tristaino* ein. Die Möglichkeit zu einem Heldengedicht entsteht, in dem neben Tristan auch König Marke eine Rolle spielt. Er ist mit Isolde verheiratet und wird von Tristan und Isolde betrogen. Trüb der Text. Meint ein Schreiber, fügt dem erklärend zu. Denn:

Es fehlt
ihm etwas,
muss es gerad'
ein Held sein,
und grad dieser?
Très intéressant[e]
es fehlt doch
Marke auch?
Nein, es muss hier Tristan sein,
der Lauten-, Harfen-, Saitenspieler
Drachentöter, Heldenschläger.

Tristan schwarzer Strich
auf weissem Brett, rudert
an den Strand,
ohne dass Isolde kommt,
ist nicht da,
muss singen,
harfen, Vorspiel
bei Marke
üben.

I *Tristaino, Tristan* oder *Tristant*
I Friedrichs der Zweite soll eine Abschrift eines Tristan-Lieds in Auftrag gegeben haben. Diese Meinung ist revidiert worden.
I Am Hof der Welfen ist ein Tristan-Lied verfasst worden, am aquitanischen Hof war schon früh eine Fassung des Tristan-Lieds bekannt.

Isolde profiliert

Im Text des Tristan-Dichters tragen verschiedene Frauen den Namen *Isolde.*
Das Langgedicht erwähnt eine Isolde, die einen Trank zu sich nimmt, der Isoldes Liebe an Tristan bindet. Ihr Vater ist ein Afrikaner, der im hohen Norden (Irland) Macht erlangt hat. Sie hasst Tristan, weil der ihren Onkel erschlagen hat. Sie lernt von einem kranken Sänger, dessen Wunde stinkt, Harfe spielen. Der kranke Sänger ist Tristan, was Isolde nicht weiss. Tristan errettet sie später vor einem anderen Bräutigam. Tristan führt sie in die Ehe mit Marke. Tristan betrügt mit Isolde Marke. Isolde spricht in Markes Gegenwart schlecht über Tristan.

Die Laute
Isoldes
ertasten,
leise einsilbig klingend,
denn sie dichtet auch,
kehrt Listen um,
während Tristan
Soldaten schlägt,
sich einwichst in den
Kasten Heldensagen.

Isolde eingekapselt
im Reaktor
der Gefühle
DVD und Pflichten.

Bequem breite
Fläche für Projektoren
An der langen Leine
Älterer Liebesdichtung.

I Option: Isolde als Verfasserin des Langgedichts profilieren, dabei an Sappho denken, und überlegen, ob sie den Text des Langgedichts verfasst hat. Dementsprechend müsste dieser Text nicht länger von dem Verfasser des *Mare amoroso* sprechen, sondern von der Verfasserin, queer korrektes Gut verschifft der Text, am Ende ist Isolde eine Physikerin, die den Kosmos besingt, Parallelwelten, die wie Gartenschläuche oder Gitter zu denken sind, in denen sich Raumzeiten verquirlen.

Isolde säuselt Marke Koptisch-
Afrikanisches von ihrem Vater ins Ohr,
sie kümmert das Verbot, von Knoten
zu singen, nicht,
lullt ein, macht viel verkehrt und darum recht.
Isolde Wendeltreppe.
Isolde malt,
erteilt und bereut Mordaufträge,
will Brangäne töten lassen,
die jungfräulich an ihrer Stelle
mit Marke das Hochzeitsbett teilte.

Marke unentschieden

Marke darf nicht wie Tristan mit Worten und der Sprache spielen. Gleitkomma-Fehler, Börsenbomben drohen. Wilhelm der Zweite kann das nicht lassen, formuliert Depeschen, telegraphiert, wie es ihm gefällt. Friedrich verliert eine Stadt, weil er Falken jagt. Marke ist geometrisch definiert, Isolde mischt Farben.

I Marke: What does he say?
I Es sollte mit Strichen ohne Helden gehen.
I Wie wär ein Spiel mit überzähligen Worten?

Liste überzähliger Worte

Bei der Niederschrift des Manuskripts hat der Schreiber Worte hinzugefügt. Sie verändern das Versmass, verschieben Zäsuren, die Lesart des Gedichts wechselt. Sie erscheinen hier in eckigen Klammern [verräterisch], [fest], [in dieser Weise], [und Blüten], [zwischen den Fischen], [Was gilt es zu sagen?], [also Gott], [gerade], [bei irgendetwas], [mit dem Schwanz], [gewendet zu euch], [oder der Dalphin], [Tristan], [heimlich], [von den Leuten], [von da], [gewendet], [was tue ich?], [was tue ich?], [was tue ich?], [oder des Zerberus], [um zu überleben], [wenn er nicht kann], [lieber], [in der Geomantik], [Ärzte], [wachsen], [aber], [was ich nicht glaube,] [herbei sehnen, schreien], [verwundert].

I Silben treiben da allein? Schieben wir ihnen bereits geformte Sätze zu!

Haufen Flotten

Dann finden wir Ärzte fest ein Eichmass. Dann eichen wir heimlich die Hafenfindung in dieser Weise. So glückt uns ein Langhalslaut mit dem Schwanz. So lautet ein Langhalsglück oder der Dalphin. Bald finden wir Afrika und Blüten. Bald erhöhen wir die Südfindung, was gilt es zu sagen? So sind wir Spielleute, was ich nicht glaube. So spielen wir in der Meerkneipe gewendet zu euch. Dann läutet die Glocke von Bremen zwischen den Fischen. Dann glocken die Leute Bremens bei irgendetwas. Bald sind wir gerade vulkanbedingt arbeits- und obdachlos.

Bald haseln wir aber heikel. Bald arbeiten wir heikel am Obdach des Vulkans hasellos in der Geomantik. Bald heikeln wir Vulkanarbeiten obdachlos gewendet.

Dann sehen wir die Lage der Blüten, also Gott. Dann blüten wir das Sehen der Lage verräterisch. So abenteuerlustig erfahren wir metaphysische Inbrunst von den Leuten. So brüsten wir in das Abenteuergebiet oder des Zerberus metaphysisch lustig. So haben wir an der See Obst, um zu überleben. So sind wir Tristan im Angestelltenblau. So stürzen wir oder der Dalphin in das Obst der See. Dann heben wir verwundert ausgestreckte Arme. Dann folgen wir lieber der blossen Freude am Angenehmen. Dann genehmen wir uns aus Freude bloss an Armen ausgezeichnet, wenn er nicht kann. Dann treffen wir Edelsitze. Dann sehen wir Steinhude wachsen. So sehnen, schreien, edeln wir herbei im Treffen Hude. So ist Atlantis Gefässsituation, so facen wir situativ Atlantikgegenden, was tue ich?

I Das dürfen wir nicht im Meer so treiben lassen. Dafür sollt' es Formen geben. Versuchen wir (du und ich), unsere Seelenkörperteile, etwas zu bilden:

I Fehlen Worte? Sind sie andernorts im Text zu finden?
I Ertasten wir uns sachte einen Weg zu Worten, die wir lesen, und Worten, die uns immer schon begleiten.

Silbler

Hab zwar nur kahle Daten,
soll gleichwohl andern
was ich habe, melden;
muss mit ihnen teilen, was ich
glaub zu haben, aber nicht
weiss, ob ichs besitz.

Sie aber teilen nicht,
kein Haben, nur das Soll
bekomm ich zugemutet,
als Mensch mit Schädeldaten,
bekomm noch was
aufs Dach, wenn ich liefere.

Hab nichts aus dem Meer geholt,
was für sie was wär, das bei ihnen was gilt,
aus dem Meer, das in mir ist, nichts geholt hab ich.
Denk mir einen Turm,
eine Pfort, einen Markt,
alles in dem Meer,
wo mein Schiff ich hab,
ein Boot, das sinkt.
Müsst nun fliegen,
hab nur Flügel nicht,
die man könnt
gebrauchen.

Das Boot hab ich,
um, was ich fisch, zu sammeln;
muss nun in einen Kurs
zum Lernen gehen,
haben mir gesagt die Datenherrenräuber,
dass ich was machen muss, damit
sie mir nicht immer
was aufs Dachgesicht hauen,
wo, wie sie wissen, und ich es spür,
mehr kaputt geht, da sie schlagen mir
ins Facebook ein.

Muss ins Netz,
mich mit den vagen Bürgen
dort verbünden,
graupeln, suppen,
damit allein ich
nicht mit den
Daten bleib
auf meinem Dattelsitz,
im Schober der Rendite,
die mir zum Festtag
ausgeschüttet werden
(von den Räubern, den
Macherhändlern, auf
die ich sonst so schimpf).

Sing doch
mal was,
dass ein
Lied sich
formt und
regt.
Lass mal
rauschen,
was die
Silben
da so
bilden.

Können Silben
Schiffe werden?

Fahr
in den Seelensilben-
körperhaufen auf dem
Tisch, jetzt singend suchend,
was finden, bergen,
da lad ich Form, Takt,
Schiffsgedanken,
alter Zeiten
Zeichenwelten auf
und dir auch was ein:

Okeh, so schreibt es denn mal:

Könnt ins Sein ich mal treten
ein, mit allem dort sein, so
wärs ein fein Sein, das ein
schön Gut für uns wird sein.

Was für Silben treiben da?
Wir erspähen: Mond, Schrein, Welt, Lärm, Lied.
Was tue ich?

Ein
Blick
zum Mond
richtet
auf, zerbricht
Zwang, Zeit, Qual
im Geräusch von
Netzverkehrslärm.
Was schreit im Gleismeer?
Braucht jemand da etwas?
Ist ein Laut
von Fahrgerät,
das zum
Ohr spritzt
bloss.

Macht der
Kreischlaut eine Silbe aus?
Hat er Wucht,
Schubkraft für die Seelensammlung
wie die Farbe im Mondlicht,
die Freiraum suchen lässt
überm Gleismeer, im Taktgeschwader,
vom Lärm Liedform fordert
in der Netzbetriebsamkeit?

Lied stört,
Markt stört,
Mond hilft,
Gleiswald-
betrieb
als Welt-
allschiff
denken.

Ein Flucht-
Lied, ein
Weltflucht-
Lied, ein
Bootslied,
Tragwerk-
Lied von
Leid? Ein
Schiffslied
für den
Aufbruch.

Gleis Schrein
klingt zwar,
stimmt nur nicht,
solang der Mond
fehlt Japans;
es braucht auch
Taktgefühl,
Klangliebe,
Sinnsachen
in diesen
zwei, drei
Silbler-
bildungen:

trost macht pfad ruht in sichtweit?
fügt sich durch die kleinschreibung
zu einem geraden satz,
sein sinn schwindet mit dem dreh
zu: trost pfad macht kehrt zurück
mit erneutem wechsel durch
die reihung: pfad trost macht.

Dem Mond Silben
setzen, ihn
über dem Gleismeer
empfinden?

Bin auf einem
Turm,
mastartig leb ich,
ohne Segel
über Gleisen
Ausschau haltend.
Weltraumschiffer
boot ich ein als
Segler ohne
Lied und Leinen.

Werden zum Gold im Mondrad kreiseln hin,
Schienenweichen in die Höhe stellen,
aus dem Lärmkot blinken dazu,
denken, dichten, planen wir Silben uns
im Mund als Schiff auf dem Land zum Start,
lassen Silben uns den Weg bereiten,
Leben finden, gestalten Arme uns
zu zeigen, deuten, spielen Töne an
laut, etwas zu werden im Meer,
im Betrieb der Züge, Schreie, Stimmen
aus Zonen, Städten, die mit den Zügen
tönen unterm Mond im Licht der Flieger
über mir des Mietshaus Silbenzieher.

Im Versgeräusch kehren
sich Macht und Ohnmacht um,
Mondlicht
wird aus Treibwortfund zu Text,
Fundholz fügt Sinn,
Schein schreit Stolz,
Innen Aussen wird:
Legt Aussen ein.

I Wir sichten schwankend uns verteilend.

Ein Schiff in der
Mundhöhl kann nur
eine Silb sein, die da Platz
hat, auch Geld für Portgebühr.
Der Mund ist zwar kein Park,
auch wenn es Wein gibt
nur für die nicht,
die hier nicht RECHT haben
(KRAFT MACHT GLÜCK?),
sein zu dürfen, wie sie sind.

Coda: Gedicht wird Weltgericht.

P.S.: Vorbei mogelt das Gedicht
sich nicht am Schein,
stolz beschämend das Treiben auf dem Gleismeer.
P.S.S.: Gedicht macht Gedicht
die Sprache mit Silben sammelnd.

Worte wie Bojen suchen,
Kursmarken in den Wellen,
die das Schiff bewegen,
was haben wir zu schaffen
mit dem Lautgut um uns?